Die weiße Traumkatze...
Snil mi sie maly bialy kot

Eine mystische Geschichte

1.+ 2. Teil

**Kriminalthriller
von Roman Schmidt**
2. überarbeitete Auflage

Die vorliegende Geschichte ist völlig frei erfunden. Ähnlichkeiten mit lebenden oder toten Personen sind keinesfalls gewollt oder beabsichtigt.
Sie wären rein zufällig.

Roman Schmidt MMXIV

Vorwort

Ich bin vor mehr als fünfundvierzig Jahren in meiner Grundausbildung beim Militär, wie tausende von jungen Männern, an verschiedenen Waffen ausgebildet worden. Ich erwähne das hier, weil ich in manchen Filmen oft Darsteller sehe, die wohl noch nie eine scharfe Waffe in ihren Händen hatten. Da erinnere ich mich an einen Fernsehkrimi, der kürzlich gesendet wurde. Eine Kommissarin mit gekonnt aufgesetztem Schmollmund, gestylter Frisur und schickem Kostüm, läuft mit entsicherter Pistole auf Stöckelschuhen hinter einem flüchtenden Mann eine Steintreppe herunter. (!)
Das sagt doch schon alles! In ähnlich gemachten Filmen laufen „sogenannte Kriminalbeamte" suchend am Tatort in normaler Kleidung und mit Straßenschuhen herum, während im Hintergrund noch Fotos von dem Opfer gemacht werden. Manche von ihnen haben tatsächlich sogar Latexhandschuhe an, mit denen sie sich entweder fälschlicherweise auch noch die Nase putzen oder in ihre Jackentaschen fahren, um eine Plastiktüte hervorzuholen, um kleine Gegenstände dort hineinzupacken. Für mich in dieser Art und Darstellung nicht nachvollziehbar, denn Plastiktüten werden sehr selten und nur für bestimmte Objekte verwandt. Nach einem nächtlichen Einbruch in der Firma meiner ersten Lehrstelle wurde ich morgens zwangsläufig Zeuge von der Arbeit der polizeilichen Spurensicherung. (Auf Distanz, versteht sich!) Mit **Mundschutz**, Overall, Handschuhen und Plastikhüllen über seinen Schuhen ging dieser Beamte damals alleine ans Werk. Aus seinem Metallkoffer nahm er einen Pinsel, eine Sprühdose mit schwarzem Pulver und bestäubte

damit für ihn erkennbare, verdächtige Stellen, die so sichtbar gemachten Spuren wurden anschließend mit Klebefolie abgenommen und gesichert. In Filmen werden diese wichtigen Details nie, oder nur sehr selten gezeigt. Ich könnte mehrere Beispiele nennen, von denen ich der festen Überzeugung bin, dass sich kein Kriminalbeamter so wie die Schauspieler im Film verhalten würde. Fremdspuren kommen in vielfältiger Weise erst durch fahrlässige Aktionen an den Tat,- oder Fundort.
Der Gebrauch von Schusswaffen wird genauso falsch dargestellt. Mit größtem Respekt und natürlicher Vorsicht wurden wir mit unserer Dienstpistole vertraut gemacht. Auf dem Schießstand musste jeder Schütze den genauen Wortlaut des Ausbilders wiederholen, um auszuschließen, dass man Hinweise und Ratschläge unbedacht überhört und zu schnell falsch machen würde. So prägt man sich mit der Zeit jeden einzelnen Schritt sorgfältig ein.
Wie folgende Hinweise zeigen sollen. z.B.:
(Waffe immer mit dem Lauf nach unten halten! Niemals unkontrolliert zur Seite drehen! Entsichern! Ein Schuss Feuer frei! Usw.) Die Akteure im Film gehen mit ihren Schusswaffen manchmal so um, als seien das Spielzeuge. Eine leichte Handbewegung von wenigen Zentimetern nach links oder rechts kann den gefährdeten Bereich eines Treffers in der Distanz trichterförmig auf mehrere Meter erweitern! Ich will damit lediglich anmerken, dass die Darstellung in Filmen und die reale Arbeit der Experten weit auseinanderklaffen. (Vielleicht ist die Wirklichkeit viel mühsamer und akribischer. Lässt sich also deshalb nicht so spannend und fotogen darstellen!?)
Ich versuche in meinen Geschichten die Geschehnisse so zu schildern, wie ich das aus meiner Erfahrung und

Menschenkenntnis annehme. Man muss träumen und sich beim Schreiben auf die fiktiven Sachen einlassen, immer mit der Gegenfrage: Was würde ein normaler Mensch jetzt denken, fühlen, tun. Wie begegnet ihm der Täter? Welche Beweggründe veranlassen einen Menschen so oder doch anders zu handeln? Ich hoffe, dass solche Hintergründe von mir gut genug und verständlich geschildert werden und damit eine spannende Handlung in der vorliegenden Geschichte erzeugt wird. Ein Verbrechen mit Todesfolge wird allgemein und voreilig sehr schnell nur Mord genannt. Jedoch können die Fälle höchst unterschiedlich entstanden sein. Geschehen „Morde" im Affekt, in einer überraschten oder bedrohten Lage, oder sogar in Notwehr, so wird zunächst meistens auf Totschlag ermittelt. (Man kennt hinlänglich den Totschlag im Affekt.) Plant aber ein hinterlistiges Gehirn ein Verbrechen im Voraus, und diese Tat sieht dann auch noch eine gezielte Tötung vor, so spricht man von einem vorsätzlichen, manchmal sogar hinterlistigen Mord. Dann kommen vor Gericht noch Abstufungen der Tatbewertung hinzu. (Besonders heimtückisch, wehr,- oder willenlos gemacht, das Opfer hatte keine Chancen u. s. w.) Jedoch scheint immer wieder dasselbe zu passieren. Dass nämlich die Täter an Selbstüberschätzung leiden. Sie gehen einfach bei den Überlegungen ihrer Taten davon aus, dass ihre Gegenüber diese, von ihnen mühsam und teilweise auch sehr sorgfältig ausgearbeiteten Plänen nicht durchschauen werden. Oder schlimmer noch, sie sehen ihre Gegenspieler von vorneherein als zu dumm und unfähig an. Kurz: Man plant immer wieder das perfekte Verbrechen! Und diese Perfektion kann es schon gar nicht geben, da jeder Mensch fehlbar ist! Die auf sich geladene Schuld ist unüberwindbar und führt zu einer Unsicherheit und anormalem Verhalten, dass sich nicht selten in einer Selbstanzeige entlädt um endlich, wenn das überhaupt nach einer solchen Tat noch möglich ist, wieder durchschlafen zu können. Sich aussprechen, anvertrauen können, das sind die Bedürfnisse, die einige Täter danach suchen. Das mag der Beichtstuhl sein, das mag aber auch die schon erwähnte Selbstanzeige sein. In einigen, wenigen Fällen ist sogar von unverhohlener Prahlerei der verübten Taten berichtet worden, um das Unterbewusstsein zu beruhigen und sich selbst zu bestätigen, das Geschehene zu rechtfertigen. Auch eine Art von Aussprache. Ich kann mir keinen Täter vorstellen, an dem ein solches Verbrechen völlig spurlos und eiskalt vorbei geht. Angstschweiß, innere Zerrissenheit, Wahnvorstellungen und Albträume der Ereignisse werden zu ständigen Begleitern, die man ohne Aufklärung nicht mehr loswird. Die innere Unruhe der Täter führt zwanghaft auch dazu, den Ort des Geschehens immer wieder aufzusuchen. Polizeifotos und Filme der Schaulustigen vom Tatort oder der unmittelbaren Umgebung haben nicht selten den Täter per Bild ermittelt. Das gilt auch und im Besonderen für Feuerteufel, die sich an dem von ihnen verursachten Leid ergötzen wollen oder krankhaft befriedigen müssen. Dann kommen gegen den oder die Täter einige, nicht unwichtige Hilfsmittel und Möglichkeiten der Ermittler hinzu: D.N.A. mikroskopische Analysen, Auswertungen kleinster Partikel, exakte Bestimmungen von Substanzen jeglicher Art und Obduktionsergebnisse, die den heutigen hochgerüsteten Kriminallabors und den Spezialisten zur Verfügung stehen. Nicht zu unterschätzen ist zudem der plötzlich, und aus dem Nichts auftretende, berühmt - berüchtigte Kommissar "ZUFALL!" Also wird es demnach nur in ganz verzwickten Einzelfällen und natürlich in Romanen überhaupt zum absolut perfekten Verbrechen kommen! Man kann den Verlauf eines Geschehens nicht so einfach im Voraus planen und gestalten. Das wäre genauso, als würde ich alle Personen, denen ich später begegnen werde, beschreiben können, bevor ich das Haus verlasse und einkaufen gehe. Immer wieder muss man auf unvorhergesehene Ereignisse individuell reagieren können. Passiert das einem Verbrecher kurz vor, während oder sogar nach seiner Tat, so gerät spätestens dann sein vorheriger Plan völlig aus dem Konzept. Es ist kein Zufall, dass auch immer wieder in Geschichten oder Filmen von einem Ausweg, einem sogenannten Plan B gesprochen wird. Aber ich bin überzeugt, dass man all die unterschiedlichen Dinge niemals berücksichtigen kann. Auch nicht mit einem Plan B, C, oder D! Noch einen Punkt gilt es zu erwähnen: Die unscheinbaren, winzigen Fehler, die einfach jedem täglich passieren. Und die führen dann unweigerlich immer wieder hinter die berühmten, schwedischen Gardinen. Das ist meine persönliche Meinung bei der ich natürlich falsch liegen kann aber meine Lebenserfahrungen und der zutreffende Spruch: „Ein gutes Gewissen ist ein sanftes Ruhekissen", haben diese Überzeugung in mir wachsen lassen.

Warum werden viele Mörder von Albträumen verfolgt? Massenmörder verdrehen und rechtfertigen ihre Taten sogar solange, bis auch die kleinste Gehirnwindung anfängt, die verdrehte Lüge als Wahrheit anzunehmen. Die meisten jedoch kommen nicht mit ihren Taten

zurecht. Manche zeigen sich selber an und stellen sich der Polizei, um endlich „Ruhe" zu haben. „Das ist das Unbewusste. Das Gewissen in uns!" sagen einige. Gelehrte predigen vom Gleichgewicht, dass es zu erlangen gilt. Man wird seinen Frieden nicht finden, wenn man anderen einen Schaden, jeglicher Art zugefügt hat. Es lässt einen nicht mehr los! Unsicherheit schleicht sich in den Alltag ein. Im Mittelalter hatten die Menschen eine solche Ehrfurcht, dass sie mehr Angst vor Gottesstrafe hatten, als vor dem Leben. Sie suchten nach eigenen Fehlern in ihrem Tun. Wer hält sich heute noch daran? Ich habe einmal den Ausspruch gehört, hinter jedem Reichtum steckt ein Verbrechen. Ich teile diese Meinung zwar nicht, aber warum wurde das Zitat von einem Schauspieler in einer „Talkrunde" erwähnt?
Angefangen von Kolumbus, über Pizarro und Cortes hat sich die alte Welt unglaublich an den Bodenschätzen der wieder entdeckten Kontinente und deren Ureinwohnern bereichert. Man hat Menschen zusammengepfercht, als Sklaven verkauft und ausgebeutet, bis man vor Reichtum, Macht und Geld kaum noch laufen konnte. In der alten Welt haben unfreie Bauern im Mittelalter den Adel reich und üppig leben lassen, denn ihr Stand erlaubte das, einfach weil sie hochwohlgeboren waren. Kleriker haben von der Kanzel gepredigt, dass ein jeder wissen solle, wohin er gehört! Damit meinte man, dass der Pöbel schuften und der Adel saufen konnte. Man spricht auch heute gerne noch von sozialer Gerechtigkeit. Es kommt, wie immer im Leben, auf die Sichtweise an. Was für den einen richtig scheint, kann für andere hoffnungslos und falsch sein.

Roman Schmidt

Die Traumkatze... Kapitel 1

(Wie alles begann . . . .)

Bisher hatte sich sein Navigationsgerät im Auto noch nie gravierend geirrt, also musste das hier auch diesmal, in dieser Einsamkeit die richtige Adresse sein, die von der immer freundlichen, weiblichen Stimme mit dem Satz: „Sie haben ihr Ziel auf der rechten Seite erreicht!" beendet wurde. Beiderseits der einsamen Straße, die um diese Uhrzeit im Stockdunklen lag, sah er nur dichte, hohe Schatten, die vom Scheinwerferlicht des Wagens spärlich beleuchtet wurden. Es waren die gespenstisch anmutenden, hohen Pappeln, die sich leicht im Wind wiegten. Er schaute noch einmal auf das Display des kleinen elektronischen Helfers: „Im Teufelsmoor 13! Was für eine Adresse!" Von einer Mauer, einem Schuppen oder gar einem Haus war nichts zu sehen. Andreas kramte sein mobiles Telefon hervor und suchte nach der Nachricht, die ihm sein Freund heute Morgen übermittelt hatte. Er verglich noch einmal die erreichte Adresse mit seinem „Navi". Eindeutig, das musste hier sein. Wieso lebte Rüdiger so weit außerhalb der Stadt? Seine meisten Aufträge bekam er in Bremen, so hatte er beim letzten Treffen vor einem halben Jahr noch stolz geprahlt und sich daraufhin dort ein kleines Büro angemietet. Andreas schüttelte den Kopf, als er darüber nachdachte. „Und dann nimmt der täglich diesen weiten Weg bis hier in diese Einöde in Kauf?" Er steckte das Telefon wieder ein, nahm die Taschenlampe aus dem Handschuhfach, löschte das Licht der Scheinwerfer und stellte den Motor ab. Eine solche Stille und völlige Dunkelheit hatte er bisher nur ein einziges Mal mit seiner damaligen Freundin auf einer Almhütte erlebt. Wenn man kein einziges Geräusch hört, so kann Stille auch beängstigend sein. Man sieht plötzlich so viele Sterne am Firmament funkeln, wie man das seit Jahren nicht wahrgenommen hatte. Er knipste die Taschenlampe an, nachdem er den Wagen abgeschlossen hatte und folgte dem Lichtkegel zur rechten Straßenseite, denn das hatte die Computer-Stimme ja gesagt. Ein maroder Zaun, dessen Pfähle anscheinend nur noch von dem verrosteten Draht gehalten wurden, ließ mittig ein altes Holztor erkennen. Ein Eisenring, einfach über die Pfosten gelegt, hielt das Tor geschlossen. Andy, wie ihn seine Freunde nannten, leuchtete in diese Richtung und erkannte einen Kiesweg. Ein großer Schatten war an dessen Ende zu sehen. Beim Näherkommen entpuppte es sich als ein reetgedecktes Haus. Schreiend und fauchend sprang eine kleine, weiße Katze aufgeregt vom Weg und verschwand in der Dunkelheit. Jetzt sah er auch erstmals das schwache Licht hinter einem der untenliegenden Fenster. Neben der Tür hing eine Kordel, die beim Ziehen ein helles Klingeln auslöste. Dumpfe Schritte ertönten im Haus und augenblicklich stand Rüdiger, lichtdurchflutet im Rahmen. „Alter Junge, ich dachte schon, du würdest irgendwo im Moor stecken. Hast ganz schön lange gebraucht. Du bist doch nicht zum ersten Mal hier draußen, oder doch?" Andy schüttelte mit dem Kopf: „Rüdiger, Rüdiger! Seit wann kennen wir uns nun?" Der Angesprochene erwiderte seine Frage nicht und schob den Freund vor sich her in die gute Stube: „Komm erst mal rein. Du wirst doch heute nicht wieder zurückfahren?" Andy neigte seinen Kopf spielerisch hin und her: „Wenn du ein vernünftiges Bett hast, dann nicht!" Rüdiger lachte und nahm seinem Freund die Jacke ab: „Ein Bier oder ein Tee? Nein, ich weiß was

Besseres! Ich mach uns einen Glühwein! Such dir ein schönes Plätzchen." Schon hatte der Hausherr Andys Jacke in den Flur gebracht und war dann hinter einer stabilen Holztür verschwunden. Vorsichtig und leise, wie aus dem Nichts, erschien plötzlich ein angsteinflößender, großer Jagdhund und schlich um den Sessel des nächtlichen Gastes. Andy zögerte, denn der Hund fixierte ihn genau und er wusste ihn nicht einzuschätzen. Vorsichtig streckte er ihm seinen Handrücken entgegen, diese Geste wurde von dem Tier wohlwollend akzeptiert. Es ließ sich ausgiebig kraulen. Die Streicheleinheiten genoss das Tier sichtlich. „Ahh, Sie müssen dieser Andreas sein. Ich habe schon viel von Ihnen gehört!" Eine attraktive, junge Frau kam aus einem der unteren Zimmer auf ihn zu. „Ich habe Stimmen gehört." Dann schaute sie auf den Hund: „Hat sich Lotte schon bei Ihnen eingeschleimt? Sie kann nicht jeden leiden! Darauf können Sie stolz sein." Rüdiger kam mit einem Tablett zurück aus der Küche: „Na, habt ihr euch schon bekannt gemacht? Eva, das ist Andreas, Andreas das ist Eva!" Sie gaben sich die Hände und die Frau setzte sich auf die Ledercouch. Rüdiger stellte sein Tablett auf den groben Tisch und verteilte die dampfenden Tassen: „Vorsicht, sehr heiß!" sagte er und schlürfte hörbar laut und genießerisch das alkoholische Getränk. Andreas wartete, bis seine Tasse etwas abgekühlt war: „Du Schwerenöter! Uns hast du beim letzten Mal erzählt, wie einsam das bei dir ist. Fünf Monate ist das jetzt her, das wir uns zuletzt gesehen haben und dann muss ich sehen, dass du gar nicht so alleine bist, wie du uns damals weismachen wolltest!" Rüdiger lachte so laut auf, dass sich sein Hund jaulend in eine Ecke verkroch. „Es muss ja nicht jeder von euch wissen, dass ich mit ihr zusammen bin. Zu schnell kommt da Neid auf. Und denk mal an Klaus, der konnte seine Finger doch nie bei sich halten. Stell dir mal vor, der wüsste von ihr. Ich wäre keinen Tag mehr alleine hier draußen." Eva schaute den Gast an: „Was machen Sie beruflich?" Rüdiger stöhnte auf: „Eva wir sagen du zueinander, ist dir doch auch recht Andreas, oder?" Andy nickte und beantwortete die gestellte Frage: „Ich schreibe Geschichten." Rüdiger fiel ihm ins Wort: „Das weißt du doch, Schatz! Ein Bücherwurm ist er, aber ein guter!" Andreas verdrehte die Augen: „Ich versuche halt, unterhaltsame Storys zu schreiben! Und was ist mit dir? Seit Monaten haben wir uns nicht mehr gesehen und dann bist du hierher gezogen, in diese Einöde, warum?" Rüdiger lächelte: „Ich helfe im Augenblick einem Mann, der sich den Zorn eines Verurteilten eingehandelt hat! Er hatte gegen diesen Mann als Zeuge ausgesagt, der daraufhin eingelocht wurde. Nun wird mein Kunde massiv bedroht und bekommt keinen Polizeischutz, obwohl man ihm das vorher zugesichert hatte. Dann hatte ich da noch diesen ominösen Auftrag, den Auftraggeber darf ich nicht nennen, Beweise zu sammeln über einen korrupten Manager. Ich habe dem angeraten, sich selbst zu stellen. Den Fall habe ich abgegeben. War mir zu heiß!" Andreas drehte sich zu der Frau um: „Kannst du ihm bei seinen Recherchen helfen?" Sie lächelte charmant: „Tu ich, ja! Wenn es nicht gerade gegen meine Schweigepflicht verstößt!" Andreas schob noch eine Frage nach: „Was ist denn dein Beruf? Was machst du, Polizistin?" Die Frau lächelte: „Nein, ich arbeite in einer Kanzlei, bei einem Rechtsanwalt. Die Namen von den Klienten darf ich zwar nicht nennen, aber so manchen

Hinweis oder Rat kann ich ihm dennoch geben." Jetzt war der Glühwein angenehm warm und Andreas trank genüsslich einen großen Schluck. Die Wärme breitete sich sofort in seinem Innersten aus und er lehnte sich zurück: „Warum sollte ich heute Abend zu dir kommen? Gibt es einen bestimmten Grund dafür?" Sein Freund nickte: „Ja, den gibt es! Ich habe ein paar Fragen. Dazu brauche ich deine Erfahrung, aber das machen wir morgen, wenn du weißt, worum es dabei geht!" Mit ein paar leckeren Häppchen, die Eva in der Küche gezaubert hatte und weiteren Gläsern des heißen, schnell betörenden Weines, klang der Abend aus. Andy gelang es nicht mehr, sein Gähnen weiterhin zu unterdrücken. Rüdiger zeigte ihm das Gästezimmer, von dem er nicht mehr viel mitbekam und schnell, wie ein nasser Sack traumlos einschlief. Die Sonne stand schon hoch am Himmel, als Andy mit einem dicken Kopf endlich wach wurde. Wo befand er sich? Es dauerte eine Ewigkeit, bis er sich aufgerappelt hatte und nach mehreren Versuchen endlich die richtige Tür zum Bad gefunden hatte. Nachdem er sich frisch gemacht hatte, zog er sein kleines Metalldöschen aus der Westentasche und entnahm eine Kopfschmerztablette. „Hallo, Rüdiger?" flüsterte er leise, während er die quietschenden Holzstufen hinunter ging. Er bekam keine Antwort. Als er ins Wohnzimmer kam, dachte er zunächst, er hätte sich vertan, aber es gab keinen Zweifel. Die Möbel waren mit weißen Tüchern bedeckt. Auf dem Teppich waren große, dunkle Flecken, mit weißer Kreide grob umrandet. Es sah aus, als hätte man einen Körperumriss aufgemalt. Andy drehte sich um und ging in den Raum, hinter dem er die Küche vermutete. Vorsichtig öffnete er die Tür. Da stand Eva am

Herd, blutverschmiert waren ihr Gesicht und ihre Hände. Sie kam auf ihn zu: „Hilf uns!" sagte sie und Andy wich entsetzt zurück. „Wo ist Rüdiger und was ist passiert?" Sie ging auf die Frage nicht ein und wiederholte monoton nur immer wieder die zwei Worte: „Hilf uns!" Andy wollte zur Tür, aber die wich vor ihm zurück und er befand sich in einem großen Saal. Jetzt hörte er das helle Klingeln der Haustür. Zuerst leise, dann immer lauter, bis sich ein lautes Klopfen anschloss: „Das Frühstück ist fertig, wollen Sie auf dem Zimmer frühstücken oder kommen Sie herunter? Sie wollten doch um acht Uhr geweckt werden." Andy öffnete seine Augen. Er saß in seinem Bett und die Haushälterin klopfte an seiner Schlafzimmertür. Um sie zu beruhigen rief er schnell: „Einen Augenblick noch! Ich ziehe mich gerade an!" dann schwang er die Beine aus der Liege und setzte sich auf den Rand. Hatte er geträumt? Er ging ins Bad und rasierte sich. „Was für ein blöder Mist!" sagte er sich immer wieder, zog sich an und ging schließlich nach unten. Der Frühstückstisch war, wie immer liebevoll von seiner Adele gedeckt worden. Seitdem ihr Mann verstorben war, machte sie ihm in der alten Villa in Dibbersen den Haushalt. Er hatte das riesige Anwesen an der Weser von seinem Onkel, dem Bruder seines Vaters geerbt, der selbst keine Kinder hinterlassen hatte. Adele und ihr Mann war schon bei ihm als Butler und Köchin angestellt gewesen und der Einfachheit halber hatte er das nette Paar, das sich in seiner frühsten Kindheit liebevoll um ihn gekümmert hatte, mit übernommen. Adele kam und schüttete ihm den frischen Kaffee in den Becher, goss ein wenig Milch hinein und warf zwei Stückchen Zucker dazu: „Umrühren müssen Sie schon selber!" lächelnd, wie jeden Morgen drehte sie sich um und während sie zurück in die Küche ging, sagte sie beiläufig: „Übrigens, Ihr mobiles Telefon piepst schon die ganze Zeit!" Andreas nahm das gezahnte Messer und teilte damit ein Brötchen, beschmierte beide Hälften mit Margarine und Honig und biss genüsslich hinein. Ein Schluck heißer Kaffee folgte, erst dann stand er auf und nahm sein mobiles Telefon. „Sie haben eine Nachricht!" Er drückte die entsprechende Taste und las. Täuschten ihn seine Augen? Er setzte sich zurück an den Tisch und las erneut: „Besuch mich heute Abend. Osterholz-Scharmbeck, Im Teufelsmoor 13, Gruß Rüdiger!" Das war doch die gleiche Adresse, wo er gestern Nacht gewesen war, oder nicht? Er suchte im Index seines Telefons, aber sie war da nicht verzeichnet, er fand nur belanglose, andere Nachrichten die er fast vergessen hatte und unbedingt noch löschen musste. Diese Mitteilung war neu. Das Navi! Er war doch mit diesem elektronischen Wegweiser dorthin gelangt. Es musste diese Anschrift gespeichert haben! Er stürzte in die Garage und öffnete das elektronische Gerät: Zu seinem größten Erstaunen musste er feststellen, dass weder „Osterholz-Scharmbeck", noch „Im Teufelsmoor 13" gespeichert waren! Gedankenversunken und irritiert ging er wieder die Treppe hinauf. „Ich wollte schon abräumen, denn ich dachte, Sie würden oben wieder an Ihrem Roman schreiben. Ist was passiert? Sie sehen plötzlich so blass aus, schlechte Nachrichten?" Sie schaute ihn ängstlich an. „Adele", begann er, „sagen Sie mir, wann bin ich gestern zurückgekommen?" Verständnislos schaute sie ihren Arbeitgeber an und schüttelte den Kopf: „Ich verstehe nicht, woher zurückgekommen, was meinen Sie damit?" Andreas nahm seinen ganzen Mut zusammen. Er war doch nicht schon verkalkt? „Na, ich bin doch gestern Nachmittag zu meinem Freund rausgefahren, oder etwa nicht?" „Herr Andreas!" so nannte sie ihn immer, wenn sie förmlich wurde: „Sie sind überarbeitet. „Ihr neuer Roman sollte ein wenig ruhen! Fahren Sie weg! Sie haben sich jetzt schon viel zu lange oben eingeschlossen. Das Manuskript für den Lektor sei bald fertig, haben Sie jedenfalls schon vor drei Tagen gesagt. Seit dieser Zeit haben Sie das Haus nicht eine Minute verlassen und ich höre Tag und Nacht, wenn Sie mit dem, wie nennt man das . . . Notebook? Also, wenn Sie damit arbeiten. Jetzt frühstücken Sie erst einmal in Ruhe zu Ende!" Andy ging zurück und gönnte sich noch eine Tasse Kaffee. Das weich gekochte Ei war auf den Punkt genauso, wie er es gerne mochte. Er durfte im Augenblick nicht mehr an den verwirrenden Traum denken. Adele hatte wieder einmal Recht gehabt! Er war überarbeitet! Außerdem hatte er sie seit Tagen belogen. Er tippte zwar unermüdlich seine Gedanken in das elektronische Gerät, aber jedes Mal regte er sich morgens darüber auf, was für dummes Zeug er da abgespeichert hatte. Er war innerlich leer. Ihm fiel nichts Gescheites mehr ein. Die Geschichte mit dem Lektor, der das Buch korrigieren könnte, war natürlich auch frei erfunden. Er hatte keinen Ansatz, keine Idee. Adele sollte das nicht wissen, denn sie umsorgte ihn, wie er es die ersten Jahre seines Lebens von seiner eigenen Mutter erfahren hatte. Sie fühlte sich verantwortlich für den Kleinen, der früher so oft hier mit seinem Onkel im Garten gespielt hatte. Nicht nur der hatte den Waisen, der schon so früh seine Eltern bei dem schrecklichen Autounfall verloren hatte, ins Herz geschlossen. Auch Johann, der Butler nahm den Jungen oft mit in die Stadt zum Einkaufen, wenn er aus dem Kinderheim für ein paar Tage in der Villa zu Besuch war. Weihnachten und Ostern! Zwei Feste, die man sich in der Villa ohne den kleinen Andreas gar nicht mehr vorstellen konnte. Mit dem 18. Lebensjahr wurde ihm sein Erbteil ausgezahlt. Er studierte Germanistik und arbeitete als freier Journalist für verschiedene Zeitungen, bis sein Onkel verstarb und er das gesamte Anwesen von ihm erbte. Er zog sich hierher zurück und wurde seitdem von Adele versorgt, die zwei Jahre zuvor ihren Mann verloren hatte.

Kapitel 2 (Erinnerungen an die Oma)

Er versuchte vergebens, seine Gedanken zu ordnen. Dabei fielen ihm die Geschichten ein, die man über seine verstorbene Großmutter immer erzählt hatte. Sie war als junge Frau mit ihrer kleinen Tochter aus Ostpreußen nach Gelsenkirchen gekommen und hatte da seinen Großvater geheiratet. Schon als ganz junges Mädchen hatte sie oft seltsame Vorahnungen gehabt, die sich danach exakt so ereigneten. Wäre sie im Mittelalter geboren worden, sie hätte als Hexe gelten können, so munkelte man damals hinter vorgehaltener Hand. Diese Fähigkeit behielt sie dann ihr ganzes Leben lang. Wenn sie nach diesen Sachen gefragt wurde, so hat sie immer nur geantwortet: „Ich hab geträumt von kleiner, weißen Katze, " so erklärte sie es einfach und kurz in dem unverwechselbar verdrehtem Deutsch, was auf ihre östliche „kalte Heimat" schließen ließ. Manchmal, wenn Fremde sie gefragt, und den Sinn nicht verstanden hatten, ergänzte sie knapp:

„Ich sehe das. Das war schon immer so. Erklären kann ich nicht!" Damit waren die anderen zwar immer noch nicht schlauer, aber ihr genügte die Aussage. Dann ging sie wieder ihrer Arbeit nach. Sie hatte neben ihrem Haushalt in einem Anbau neben dem Stall eine gewerbliche Wäschemangel in einer Bergmannssiedlung im Kohlenpott, genauer gesagt in Gelsenkirchen-Horst. Seltsam und beängstigend war im Nachhinein jedoch, dass das geschilderte Ereignis jedes Mal genau eintrat. Ob ein entfernter Verwandter zu Besuch kam, ein anderer verstarb, sogar ob und wann Fliegeralarm war, sie wusste das vorher! Sie war im Krieg nie in einen Schutzbunker gegangen, denn sie wusste ja, dass es im Haus genauso sicher war. „Fällt Bombe da . . . Menschen alle tot. Fällt hier . . . genauso. Warum soll ich weggehen von Haus?" Steffenson war leider erst fünf Jahre alt, als sie verstarb. Er hätte gerne mehr von ihr gehabt. Sollte ausgerechnet auch er Dinge vorher erahnen können? Hatte er diese Fähigkeit von ihr geerbt? Lag es in seinen Genen?
Er musste erneut zu seinem Freund ins Teufelsmoor fahren! Dann würde sich alles aufklären! Diesmal schrieb er die Adresse auf und gab sie der Hausdame: „Da bin ich zu erreichen, es kann spät werden, vielleicht schlafe ich bei ihm!" Die alte Frau nickte: „So ist es recht! Machen Sie sich einen schönen Abend. Sie müssen mal raus, das hab ich doch schon immer gesagt!" Andreas gab die Daten in das Navigationsgerät ein und startete den Motor: „Fahren Sie die nächste Straße rechts, dann folgen Sie für 3 Km dem Straßenverlauf…." usw. Nach fünfzehn Minuten war er am nördlichen Stadtrand von Bremen und ließ den dichten Feierabendverkehr hinter sich. Eine weitere halbe Stunde später kam er an der

gleichen Stelle an, die er in der Nacht schon einmal gesehen hatte. Nur diesmal war es noch nicht dunkel. Er erkannte alles sofort wieder, obwohl er doch nach Aussage von Adele noch niemals zuvor hier gewesen war. Er dachte unwillkürlich an Eva, die blutverschmiert in der Küche gestanden hatte. Sollte der Abend genauso verlaufen, wie er das geträumt hatte, so musste er seinen Freund und dessen Lebensgefährtin früh genug warnen! Der Zaun, das Tor, der Kiesweg, die Türglocke, er kannte sich bestens aus und doch war er verblüfft, denn so etwas passierte ihm zum allerersten Mal. Ein eiskalter Hauch kroch über seinen Rücken, als er sich an den „Traum" zurückerinnerte. Hatte da nicht eine kleine, weiße Katze fauchend seinen Weg gekreuzt? Womöglich die Katze, von der seine Großmutter immer geträumt hatte? Ängstlich und angespannt zog er an der Strippe und betätigte damit die Klingel. Die Tür ging auf . . . . und hier endete abrupt seine Vorsehung, denn da stand ein völlig fremder Mann vor ihm: „Ja, bitte? Sie wünschen?" Andy war irritiert: „Entschuldigung. Wohnt hier nicht Rüdiger? Rüdiger Klein, der Detektiv?" Der fremde Mann zog die Stirn in Falten und schüttelte nach einer kurzen Überlegung mit dem Kopf. „Wie sagten Sie, soll der Mann geheißen haben? Grein?" Andreas verbesserte ihn: „Nein, Rüdiger Klein! Er wohnt hier mit seiner Freundin." Dann ergänzte er noch: „Eva heißt die!" Der Fremde drehte sich um und rief ins Haus: „Karin? Kennst du einen Rüdiger Klein und eine Eva? Die sollen hier irgendwo wohnen!" Kopfschüttelnd kam eine Frau mittleren Alters zur Tür: „Guten Tag. Nein, die wohnen hier nicht. Hier gibt es nur fünf Familien, und das schon seit zwei und mehr Generationen. Eine Familie Klein ist mir nicht bekannt!" Andreas wollte sehen, ob die Räumlichkeiten genauso waren, wie er das geträumt hatte: „Darf ich reinkommen? Ich bin etwas daneben!" Der Mann schaute seine Frau an und Andy meinte, ein leichtes Blitzen in ihrem Gesicht gesehen zu haben. Trotzdem lächelte sie und ging einen Schritt zur Seite: „Natürlich, kommen Sie rein!" Andreas betrat das Wohnzimmer, alles kam ihm bekannt vor. Selbst der Jagdhund war da und kam sofort auf ihn zu und leckte seine Hand. Merkwürdig! Hatte er das alles doch nicht geträumt? War er früher schon einmal hiergewesen und wusste davon nichts mehr? Das Tier schien ihn doch wiedererkannt zu haben, oder sollte er sich das alles nur einbilden? „Hasso, hierher!" rief der fremde Mann, doch der Hund reagierte überhaupt nicht darauf. Andy schaute das Tier an und war sofort mit ihm vertraut. Was wurde hier gespielt? „Möchten Sie ein Glas Wasser oder einen Kaffee?" Andreas verneinte und murmelte etwas von „keine Zeit" und „ich muss weiter". Er ging wieder zur Tür und das Ehepaar folgte. Plötzlich stand der Hund wieder vor ihm und stellt eine Pfote auf seinen Fuß. Das Tier winselte leise, so als würde es ihm etwas mitteilen wollen. Hart riss der Mann den Hund am Halsband zurück und öffnete die Tür. Andy verabschiedete sich, während das Tier laut bellend ins Haus zurückgezogen wurde. Verstört ging er zum Wagen, drückte den kleinen Knopf auf dem gummierten Autoschlüssel und mit einem Blinken zeigte der Wagen, dass die Türen jetzt offen waren. Andreas stieg ein und startete das Fahrzeug. Bevor er losfuhr, schaute er noch einmal zurück zum Haus und erschrak. Da stand der Hund aufrecht neben seiner Beifahrertür und kratzte mit den Pfoten an der

Scheibe. Verwirrt beugte er sich zu der Tür und öffnete sie. Mit einem Satz saß das Tier neben ihm und leckte seine Hand. Von den Hausbesitzern war nichts zu sehen. Andy überlegte nicht lange und fuhr los. Am Ende der Sackgasse wendete er und fuhr zurück. Er wollte so schnell wie möglich noch im Hellen wieder zu Hause sein. Der befestigte Weg, den er befuhr, konnte nicht als Straße bezeichnet werden. Die einsamen Häuser standen weit auseinander. Als er an dem seltsamen Haus langsam wieder vorbeifuhr, regte sich nichts in seinem tierischen Begleiter, der stur nach vorne durch die Scheibe schaute. Erst als er fast wieder auf der Schnellstraße war, fing die Hündin laut an zu bellen. Andy hatte sich dermaßen darüber erschrocken, dass er bald im Graben gelandet wäre. Er hielt sofort an. Das Tier wurde ganz unruhig und jaulte. Vielleicht musste sie! Er stieg aus und öffnete die Beifahrertür. Die Hündin lief los und bellte. Als sie bemerkte, dass Andy ihr nicht folgte, kam sie zurück, sprang an ihm hoch und rannte wieder los. Zweifellos wollte das Tier ihm etwas zeigen. Andreas verschloss den Wagen und folgte. Das Tier schaute sich immer wieder nach ihm um und wartete. Die Dunkelheit würde nicht mehr lange auf sich warten lassen und sie liefen jetzt geradewegs auf das Moorgelände zu. Andreas war wegen seines Traumes hierhergekommen. Nun wollte er auch der Sache auf den Grund gehen. Als er um ein paar Sträucher herum kam, saß die Hündin plötzlich da und fing sofort an, mit den Pfoten zu kratzen und zu graben, dabei schien sie sehr angespannt und erregt. Andy ging zu ihr und bückte sich herunter. Kein Zweifel, er sah vermoderte Stoffreste, die fest im Boden klebten. Er nahm sein mobiles Telefon und wählte die Nummer der

Polizei: „Ein Hund hat etwas gefunden. Der ist nicht von hier weg zu bekommen. Können Sie bitte einen Beamten hierher schicken?" Er nannte das Teufelsmoor und ging zurück, um in Sichtweite der Straße die Ankunft der Polizei abzuwarten. Er pfiff und rief den Hund mit dem Namen, der ihm aus seinem Traum bekannt war. „Lotte, hierher!" Zu seinem größten Erstaunen kam die Hündin sofort und setzte sich zu ihm. Hatte der fremde Mann im Haus nicht mit viel Mühe versucht, das Tier zu bändigen? Aber der hatte sie auch „Hasso" gerufen! Andreas ahnte, dass da etwas nicht stimmen konnte. Bald hörte er entfernt das Martinshorn, schon bog der Einsatzwagen von der Straße ab und kam den Weg entlang. Steffenson ging ihm entgegen und machte sich bemerkbar. Während der Wagen auf ihn zufuhr, drehte sich nur noch das Blaulicht. Das grelle, akustische Geräusch hatten die drei Beamten ausgeschaltet. „Andreas, Andreas Steffenson. Gut dass Sie so schnell gekommen sind. Die Hündin hat mich hierher geführt. Da hinten hat sie etwas entdeckt!" Steffenson wollte voraus gehen, wurde jedoch höflich daran gehindert: „Vielen Dank, aber Sie warten besser hier bei meinem Kollegen. Er nimmt ihre Aussage zu Protokoll." Die beiden anderen Beamten wollten gehen, drehten sich aber noch einmal um: „Fordern Sie den Hund bitte auf, noch einmal zu suchen!" Andreas dachte sich nichts dabei, deshalb hatte er die Polizei schließlich gerufen. „Such, Lotte! Such!" Bellend rannte das Tier wieder los und fing sofort an der gleichen Stelle wieder an zu scharren. „Ist gut, wir sind da. Rufen Sie den Hund zurück!" „Lotte, hierher!" Sofort kam das treue Tier wieder zu ihm und setzte sich ins Gras. Der Polizist neben ihm zog einen Block aus der Tasche und begann seine Fragen. „Was wollten Sie mit Ihrem Hund hier im Moor?" Steffenson wusste nicht so recht, was er darauf antworten sollte und zögerte damit wohl auch etwas zu lange, jedenfalls merkte er, wie der Beamte misstrauisch wurde: „Aber Sie haben uns doch angerufen, weil Sie mit Ihrem Hund etwas gefunden hatten, oder nicht?" Andy schüttelte mit dem Kopf: „Das ist nicht mein Hund!" Damit hatte er nun den Nagel auf den Kopf getroffen, denn die Beiden kamen soeben mit düsterer Miene zurück zum Wagen: „Volltreffer! Ruf die Kollegen der Mordkommission. Wir müssen hier alles absperren. Hat er seine Aussage gemacht?" Andreas war verwirrt, denn mit so etwas hatte er nicht gerechnet. Die Beamten hatten mit einem Ast in den aufgespürten Sachen gestochert, so erzählten sie. Dadurch wurde ein menschlicher Unterarm frei und richtete sich auf. Die erfahrenen Beamten schauten sich nur an. Sie zogen sich zurück, um keine weiteren Spuren zu verwischen. Die Kleidungsstücke, die den Körper umgaben, hatten moderne Knöpfe und einen Reißverschluss erkennen lassen. Der Rest schien für die Beamten Routine zu sein, denn bald darauf saß Andreas, mit Handschellen gefesselt auf der Rückbank des Polizeifahrzeugs und musste mit ansehen, wie die Männer mit rot – weißgestreiften Bändern das gesamte Areal einzäunten. Helle Scheinwerfer wurden aufgestellt und die alarmierte Spurensicherung nahm ihre Arbeit auf. Als der Polizeiwagen mit Andreas auf der Rückbank zurück auf die befestigte Straße rollte, sah er nur noch, dass der Hund bellend daran gehindert wurde, hinter dem abfahrenden Wagen herzulaufen. Er hätte wissen sollen, dass derjenige sofort als verdächtig gilt, der als erster am Fundort einer Leiche ist. Jetzt galt es, nicht nervös zu werden, keine Reaktion auf noch so provokante Fragen zu zeigen und ruhig, sachlich präzise immer nur auf die gestellten Fragen zu antworten. Im Revier durfte er einen Telefonanruf machen. Ein Rechtsanwalt fiel ihm nicht ein. Also rief er den Notar an, der das Testament seines Onkels eröffnet hatte und der mit ausgezeichneten Strafverteidigern zusammenarbeitete. Er bat ihn auch, seine treue Adele darüber zu informieren, die ihm natürlich ein Alibi geben konnte. Die anschließende Befragung im Beisein eines gestellten Rechtsanwaltes brachte für die Beamten keinen Hinweis, der vor dem Staatsanwalt für einen Haftbefehl ausgereicht hätte. Adele machte ihre, für ihn ausschlaggebende Aussage und Andreas stand bald mit seiner treuen Hausdame wieder auf der Straße. „Was machen Sie nur für Sachen. Entspannen sollten Sie sich!" Steffenson bestellte ein Taxi und ließ sich zurück zu seinem abgestellten Wagen im Moor fahren. „Hier war das?" fragte sie. Andreas antwortete nur knapp: „Später, Adele. Später!" Am Weg standen immer noch ein paar Einsatzfahrzeuge und in hundert Metern Entfernung war die Stelle hell erleuchtet, obwohl der Morgendunst schon die bald aufgehende Sonne ankündigte. Er bezahlte das Taxi und sie gingen zum Wagen. Als Andreas zwei Mal vergebens versucht hatte, sein Auto zu starten, bemerkte er neben sich auf dem Weg wieder das Tier, das ihn hierhergelockt hatte. Die Kordel um den Hals war nur gut einen Meter lang und schien am Ende zerrissen oder zerbissen worden zu sein. Der Hund wollte auf keinen Fall alleine hier bleiben, wenn es denn überhaupt hier sein richtiges Zuhause gewesen war. Andreas stieg aus und klappte die Lehne seines Sitzes nach vorne: „Platz, Lotte!" jaulend sprang das Tier auf die Rückbank und legte sich sofort flach hin. Adele schaute ihn verblüfft an: „Ein wildfremder Hund von der Straße? Ist das nicht viel zu gefährlich? Wenn der krank ist!" Andreas klappte den Sitz wieder zurück, stieg ein und startete den Motor, der nun beim ersten Mal sofort ansprang. „Das ist kein Straßenhund, das ist meine Assistentin. Der Schlüssel zu dem neuen Fall. Darüber werde ich schreiben!" Nach einer weiteren Stunde Fahrt waren sie endlich zurück in der Villa. Es war früher Morgen und Adele machte das Frühstück. Danach holte Andreas einen alten Korb aus dem Schuppen, der am Kamin für seine Lotte dienen sollte. Adele legte zwei alte Decken hinein und die Hündin nahm den Platz dankend an und schmiegte sich bequem hinein. „Ich muss mich noch einmal hinlegen, Sie können das Mittagessen auf später verschieben. Ich bin oben!" Dann ging er die breite Treppe hinauf. Lotte schaute ihm wehmütig nach, aber das bemerkte Andreas schon nicht mehr. Er wäre fast im Gehen eingeschlafen und fiel auch völlig erschöpft auf die Schlafcouch in seinem Arbeitszimmer. Ein seltsamer Traum hielt ihn gefangen. Er handelte wider Erwarten nicht von den letzten Erlebnissen. Er saß in einem Flieger und da war wieder diese kleine, weiße Katze, die er schon beim ersten Mal vor dem Haus im Teufelsmoor gesehen hatte. Sie schlich um seine Beine und er dachte noch, was macht die denn hier im Flugzeug, als er plötzlich einen stechenden Schmerz im Rücken verspürte, der ihm die Luft zum Atmen nahm. Er ruderte mit den Armen und versuchte Halt zu finden, aber der Schmerz hielt an und vor sich sah er deutlich drei Zahlen. 812. Sie zerfielen in mehrere Teile und wurden von einer herunterlaufenden, roten Farbe völlig aufgelöst. Schweißgebadet wurde er darüber wach und schaute auf seine Armbanduhr. Er hatte gerade einmal eine halbe Stunde hier gelegen. Nachdem er im Badezimmer eiskaltes Wasser in seine beiden, zusammengelegten Hände, einer Schüssel gleich, hatte laufen lassen, beugte er sich tief herunter und kühlte darin sein Gesicht. Was für ein verwirrtes Zeug hatte er da geträumt! Er ging ins Arbeitszimmer zurück und klappte den Bildschirm seines mobilen Rechners hoch. Da hörte er Adele von unten rufen: „Ich hab eine Tür gehört, sind Sie schon wieder wach, Andreas? Soll ich jetzt das Essen vorbereiten?" Steffenson stand auf und ging zur Tür, denn er hasste das laute Herumschreien im Haus. „Wenn es Ihnen jetzt Recht ist, dann komme ich in einer halben Stunde zum Essen herunter." „Gut so, gut so!" hörte er sie von unten murmeln. Steffenson hatte endlich wieder die Idee zu einer Geschichte im Kopf. Er ging zum Rechner. Das Programm startete selbstständig und verlangte sein Passwort. Nach der richtigen Eingabe war der Bildschirm bereit für seine kreativen Gedanken. Er öffnete das Schreibprogramm und klickte ein neues Schriftstück an. Die traumhaften Erinnerungen, die er bis jetzt gehabt hatte, waren schnell schriftlich formuliert. Einen vorläufigen Arbeitstitel hatte er auch schnell gefunden: „Die unvergessene Nacht im Moor."

Kapitel 3 (Zwei Wochen vorher)

Der korrupte Chemiker, Dr. Hein fühlte sich von seinen Vorgesetzten hintergangen. Er hatte diese brisante, neue Formel entwickelt, mit der man nun das Nervengas herstellen konnte. Mit einer lächerlichen Prämie von gerade einmal € 20.000,-- wollten sie ihn abspeisen. Der Auftrag vom Verteidigungsministerium hatte ein riesiges Volumen und ging in die Millionen. Man hatte ihm fast alle Unterlagen zu seiner Entwicklung abgenommen und im Tresor der Chemischen Werke sicher verwahrt. Er glaubte, clever genug gewesen zu sein und hatte die Dateien vorab in einem belanglosen Programm auf dem tragbaren Rechner versteckt. Nun hatte er vor, mit der Hilfe von alten Freunden der Uni, sein Wissen anderen Mächten zugängig zu machen. € 1.500.000,- war den Geschäftsmännern aus dem Nahen Osten das wert. Die Lieferung der dafür notwendigen Grundstoffe hatte er schon in die Wege geleitet. Falsch deklariert an eine Scheinadresse, sollten die Container in Bremerhaven gelöscht und dann in den Nahen Osten verschifft werden. Für die notwendigen Papiere würde ein hoher Beamter sorgen. Ihm, wie auch dem Abteilungsleiter der Import-Export, seinem Studienfreund Elmar von Banater, hatte er dafür jeweils € 200.000,- versprochen. Nun sollte er das Geld abholen und den Datenträger dafür hergeben. Es war Freitagnacht und Dienstag ging sein Flugzeug. Vierzehn Tage Karibik. Ausspannen und genießen. Dafür musste er schon etwas wagen! Er fuhr, wie verabredet, mit dem Wagen raus aus Bremen. Wie vereinbart, nahm er die Bundesstraße 74, die in westlicher Richtung aus der Stadt führte. Bei „Farge" verließ er die Straße, um auf der schmalen Schotterpiste in das Ufergebiet der Weser, kurz vor „Rekum" zu den verfallenen Fabrikgebäuden zu kommen. Es gab hierher nur einen Weg, er konnte den Treffpunkt nicht verfehlen. Die nächtlichen Lichter der Stadt Berne spiegelten sich auf der linken Seite in der Weser, die in die gleiche Richtung floss. Nun bog der

Weg etwas vom Fluss ab und er fuhr hundert Meter an einem verrosteten Zaun entlang, bis sich das große, geöffnete Tor zeigte. Er stoppte den Wagen und betätigte seine Lichthupe. Innerhalb des Fabrikgeländes sah er ein schwaches Lichtzeichen. Sie warteten schon auf ihn. Er hatte die Stelle gefunden, die man ihm telefonisch mitgeteilt hatte. Als sein Wagen auf die Männer zurollte, und er den zwei Limousinen gegenüberstand, bekam er zum ersten Mal Zweifel an seinem Tun. Aber jetzt gab es natürlich kein Zurück mehr. Er stieg aus und ging auf die Männer zu. Zwei Asiaten mit Maschinenpistolen kamen ihm entgegen und deuteten mit den Waffen zu einem, der Wagen. Die Seitenscheibe fuhr ein Stück herunter aber Dr. Hein konnte im dunklen Innenraum des Fahrzeuges niemanden erkennen. Eine Hand streckte sich ihm entgegen und forderte den vereinbarten USB-Stick. Der Chemiker kramte nervös in der Jackentasche und übergab anschließend den brisanten, elektronischen Speicher. Ein Bildschirm leuchtete auf, seine gelieferten Daten wurden sofort auf einem Rechner geprüft. „Die legen dich jetzt um und haben, was sie wollen", schoss es ihm durch den Kopf. Die Insassen sagten nichts, das Seitenfenster fuhr geräuschlos wieder nach oben und er sah nur sein eigenes Spiegelbild. Ein Klicken ließ ihn zusammenzucken, kein Zweifel, jetzt würden sie ihn erschießen. „Hier, wie vereinbart. Vielleicht werden wir noch einmal mit Ihnen zusammenarbeiten. Vielen Dank." Er drehte sich um und sah im schwachen Licht des Mondscheins, einen geöffneten Metallkoffer, prall gefüllt mit Euroscheinen. Bündel mit € 500 er Noten, abgepackt in Banderolen zu jeweils € 50.000,--. Der Mann nickte und gab ihm den schweren Koffer. Dann stiegen die bewaffneten Begleiter wieder in ihr Fahrzeug und glitten ohne Licht langsam auf den Schotterweg zurück, der parallel zur Weser nach gut zwei Kilometern auf die Bundesstraße führte. Er stand noch immer mit dem geöffneten Koffer vor den leeren Fabrikhallen. Die dunklen Fenster sahen aus, als würden ihn hunderte Augenpaare anschauen. Ihm wurde erst jetzt richtig bewusst, wie gefährlich diese nächtliche Aktion von ihm hier draußen, alleine und unbewaffnet, gewesen war. Aber er wusste nun auch genauso, dass man ihn ab jetzt nicht mehr in Ruhe lassen würde. Für weitere Aktionen ähnlicher Art würde er sich einen Begleitungsschutz ausdenken müssen. Er verwarf seine dummen Gedanken fürs erste, denn sein genialer Plan hatte sich doch bestens erfüllt. Zurück im Wagen verschloss er die Autotüren und atmete erleichtert auf. Die € 400.000,-- für seine Mithelfer würde er ihnen morgen in bar vorbeibringen und dann ging es erst einmal ab, in die Karibik. Sein Freund Elmar, einer der Komplizen, würde ihn diesmal mit dorthin begleiten. Seinen Anteil würde er sicher deponieren oder vielleicht anlegen? Er wusste das noch nicht so recht, denn so viel Geld hatte er vorher noch nie auf einem Haufen gesehen, geschweige denn, selbst besessen. Der Himmel schien für ihn rosarot. Er startete den Wagen und fuhr überglücklich zurück in seine Wohnung.

Kapitel 4 (Freitag in der Firma Import-Export)

„Herr von Banater, ein Brief für Sie!" Elmar drehte sich um. Er stand am Kaffeeautomat und schlürfte das heiße Getränk, als der Pförtner zu ihm in die fünfte Etage kam. Er war ganz außer Atem: „Persönlich. Hat der Mann gesagt, und dass es sehr eilig sei!" Er nahm das Schreiben und drehte es mehrfach herum. Kein Absender, keine Adresse war vermerkt. „Wieso für mich?" fragte er: „Da steht nichts drauf!" Der Bote nickte: „Oh, doch! Er hat Sie genau beschrieben, er muss Sie kennen. Ihren Namen hat er gekannt und langsam buchstabiert!" Der Pförtner drehte sich um und nahm den Aufzug, der eben besetzt gewesen war. Sein korpulenter Leib schien ein zweites Mal das Treppenhaus nicht überleben zu können. Elmar steckte den Umschlag ein, nahm den halbleeren Becher und ging zurück in sein Büro. Vom Schreibtisch nahm er einen Brieföffner und schlitzte damit die Verklebung auf. Den leeren Umschlag zerknüllte er und warf ihn achtlos in den Papierkorb. Auf dem Briefkopf stand die Anschrift eines Privatdetektives. Den Namen hatte er noch nie gehört oder irgendwo gelesen. In dem Schreiben wurde er aufgefordert, sich der Polizei zu stellen, ansonsten würden die echten, richtigen Daten weitergegeben. Er legte das Schreiben auf den Tisch und überlegte. Es konnte nur so sein, dass sich ein Schnüffler daran gemacht hatte, ihren Plan zu durchkreuzen. Alles war bereit! Es stand viel zu viel Geld auf dem Spiel, als dass jetzt so ein dahergelaufener Hilfssheriff ihre Pläne durchkreuzen könnte. War die Datei auf dem USB-Träger jedoch wertlos und dieser Detektiv war im Besitz der echten Daten, so wäre das Leben des Chemikers in größter Gefahr! Er hob den Hörer seines Telefons und war gerade dabei, die Nummer des Freundes in der Chemie-Fabrik zu wählen, als ihm ein genialer Gedanke durchs Hirn schoss. Er legte sofort wieder auf. Ihn würde keiner verdächtigen. Er agierte im Hintergrund. Wenn er nun in den Besitz der Daten kommen würde, so könnte er mit den Auftraggebern neu verhandeln und noch einmal abkassieren. Dr. Georg Hein, sein Studienfreund aus alten Tagen, durfte nicht gewarnt werden! Er sollte noch nicht einmal wissen, dass er gefälschte Daten teuer verkaufen und weitergegeben würde. Er überlegte sogar einen Augenblick lag, ob es unter diesen Umständen ratsam war, mit ihm in Urlaub zu fliegen. Um aber die vereinbarten € 200.000,-- zu bekommen und ihn dennoch in Sicherheit zu wiegen, durfte er keine Änderungen mehr vorzunehmen. Er musste sich noch schnell um den unbequemen Schnüffler kümmern. Ein Anruf genügte und er hatte die private Adresse des Detektiven ermittelt: „Im Teufelsmoor 13!" Elmar rief seinen Schwager an, der zuerst als Türsteher und danach als Personenschützer gearbeitet hatte. Ein Mann fürs Grobe, wie man so sagen würde. Seine Schwester war am Apparat: „Kramer?" Noch am gleichen Abend war er bei ihnen. Sie heckten einen abenteuerlichen Plan aus. Unter einem Vorwand wollten sie zu dem Mann rausfahren, der ihn zweifellos beschattet hatte und gut zu kennen schien. Sein Schwager Gustav und seine Schwester sollten an der Tür klingeln. Die Daten würden sie schon von ihm bekommen, wenn es sein musste, mit Gewalt! Am Samstagmorgen waren sie, wie verabredet an dem Haus im Moor und klingelten. Dann ging alles routinemäßig und schnell. Sie entführten die Frau, die alleine im Haus war und riefen wenig später bei Rüdiger im Büro an. Sie wollten die Freundin gegen die echte Datei austauschen. Zum Schein ließ sich der Detektiv darauf ein und wollte bei dieser Gelegenheit den Erpresser überwältigen. Er hatte jedoch nicht mit zwei Männern gerechnet, die zu allem entschlossen waren. Lotte, die Jagdhündin, die neben dem Kamin gelegen hatte, wurde in der Küche eingesperrt. Zusammen mit der getöteten Eva, die im Kofferraum des Wagens lag, verschwand der Besitzer des reetgedeckten Hauses noch in der Nacht im Moor. Die brisanten Daten hatten sie auch nach ausgiebiger Gewaltanwendung nicht bei ihm finden können. Ein Plan B musste schnell her! „Du ziehst hier am besten einfach ein! Niemand wird Verdacht schöpfen, wenn wir nur eine plausible Erklärung bereithalten, " sagte Elmar, „Ich flieg zwei Wochen in die Karibik, bis dahin hast du Zeit! Durchsuch in Ruhe das ganze Haus, es muss diese Daten geben. Eine Datei in einem Rechner, eine CD, eine Diskette oder irgendetwas anderes. Finde diese Formeln, denn sie sind für uns pures Gold wert. Es wird uns viel Geld einbringen!" Elmar fuhr zurück in seine Wohnung im Stadtteil Woltmershausen, eine ruhige Gegend mit vielen Kleingartenanlagen. Als er geduscht und sich umzogen hatte, nahm er seine getragenen Sachen und brachte sie zum Wäschekorb. Dabei fiel das Schreiben des Getöteten aus einer Tasche. Lächelnd überflog er die Zeilen und zerdrückte dann das Papier: „Erledigt! Du Amateur! Du schlauer Schnüffler!" Zufrieden ging er ins Schlafzimmer. Am Morgen, einem Dienstag, nahm er die vorbereitete Kleidung, packte sie in den Koffer und gönnte sich einen letzten Drink. Das Taxi zum Flughafen wartete schon. Er war bereit für den verdienten Urlaub.

Kapitel 5 (Auftragskiller)

Die beiden Geschäftsleute waren außer sich. Sie saßen in der Penthouse-Suite eines exklusiven Fünf-Sterne-Hotels und schauten durch die getönten Scheiben hinunter auf die Binnenalster. Hier, am Jungfernstieg hatten sie ihr Quartier und steuerten die schmutzigen Geschäfte. Ihr Chemie-Experte hatte soeben den sehr teuer erworbenen Datenträger noch einmal einer genausten Prüfung unterzogen und dabei festgestellt, dass die Datei nur auf die Schnelle betrachtet, echt war. Die ermittelten Formeln ergaben bei genauer Analyse keinerlei Sinn. Sie mussten schmerzlich erkennen, dass sie betrogen worden waren. Hinters Licht geführt von einem Dilettanten! Ein Anfänger der so harmlos getan hatte und doch von ihren eigenen Agenten im Vorfeld so genau ausgesucht worden war. Sie sahen nur die eine Möglichkeit ihre Panne wieder gutzumachen. Augenblicklich mussten sie dafür sorgen, dass die echten Dateien endlich, wie vereinbart herbeigeschafft wurden! Egal, wie! Sie sollten noch diese eine, letzte Chance bekommen und sofort hier im Büro erscheinen! Die herbeigerufenen drei Männer, die vorher den Chemiker angeworben und für gut befunden hatten, wurden von dem entstandenen Desaster unterrichtet. Mit ernster Miene und eindringlichem Appell wurden sie nun ein letztes Mal aufgefordert, die verdammten Dateien rechtzeitig zu beschaffen. Bevor die M.S.Golem im Heimathafen anlegen würde, mussten sie die echte Datei in Händen halten. Ein Scheitern wäre für alle Beteiligten tödlich! „Diesen harmlos tuenden Hund von Chemiker und sein adeliger Freund, Elmar von Banater, sie müssen dahinter stecken! Ich glaube nicht, dass Mister X, unser Freund aus den höchsten Kreisen davon weiß! Bringt diese beiden Amateure zum Reden! Wie ihr es anstellt, das ist alleine eure Sache, ihr habt 48 Stunden Zeit dazu." Während sich die Killer die Anschriften der eben genannten Männer geben ließen, setzten sich die beiden

Auftraggeber wieder ans Fenster. „Geht, alle! Lasst uns alleine. Wir müssen nachdenken." Als sie wieder unter sich waren, schauten sie sich an. „Wir sind so gut wie tot! Wenn die diesmal keinen Erfolg haben, sind wir erledigt!" Sein Mitstreiter nickte ihm zu: „Es steht zu viel auf dem Spiel! Sollen wir unseren Speziallisten nicht auf sie ansetzen? Ich meine natürlich, zusätzlich. Das könnte doch nicht schaden, oder?" „Hast Recht! Das können wir machen, aber unser Mann darf erst tätig werden, wenn die drei ihre ausstehende, erforderliche „Arbeit" geleistet haben. Eine ausgezeichnete Idee, ruf ihn her, wir müssen dringend mit ihm sprechen. Er soll diese beiden Stümper nur beobachten und uns so früh wie möglich von einem, hoffentlich nicht eintretenden Fehlschlag berichten. Dann setzen wir uns ab und fertig, zumindest bis Gras über die Sache gewachsen ist." Sein Kompagnon drehte sich noch einmal um: „Hast du Vorbereitungen getroffen? Du weißt schon." Ein müdes Lächeln war die eindeutige Antwort: „Wenn du das finanzielle meinst, natürlich! Wir brauchen nur unsere Rechner und die beiden Koffer, das Geld liegt gut geschützt und sicher. Keine Spur wird zu uns führen." Beruhigend atmete sein Gegenüber auf und die Dinge nahmen ihren vorbestimmten Lauf.

Kapitel 6 (Der Mord im Flieger)

Die rote Linienmaschine der bekannten Fluggesellschaft landete nach einem elfstündigen Atlantikflug planmäßig. Obwohl jeder Reisende davon ausgehen konnte, dass die beiden Piloten einfach nur ihren Job gemacht hatten, war es Sitte, dass die erleichterten Fluggäste beim Aufsetzen der kreischenden Räder laut applaudierten. Flug Nummer

812 aus Montego Bay, Jamaika war soeben gelandet. Es war immer wieder entspannend für die Crew, wenn man den langen Flug endlich hinter sich gebracht hatte. Der Weiterflug nach Bremen war in einer Stunde. Die Crew wurde gewechselt und die Fluggäste konnten sich im Terminal noch ein wenig die Beine vertreten. Es ging zügiger, als gedacht und Dr. Hein, der mit seinem Freund Elmar unbeschwerte Tage in der Sonne verbracht hatte, verabschiedete sich hier von ihm. Er flog erst einen Tag später von Frankfurt nach Bremen, denn er wollte noch die gewaltige Geldsumme auf einer Bank einzahlen, die er beim Hinflug hier in einem Schließfach deponiert hatte. Er sah gerade noch, wie Elmar von einem Mann angesprochen und mit ihm durch einen Seiteneingang entschwand. „Dieser Glückspilz", dachte sich Dr. Hein: „Jetzt kommt der mit Beziehungen vielleicht noch in die erste Klasse." Er drehte sich lächelnd um und verließ das Flughafengelände. Als er im Taxi saß, um zur Bank zu fahren, startete die rote Maschine planmäßig wieder von Frankfurt nach Bremen. „Jetzt ist Elmar bald zu Hause", dachte er und genoss die kurze Fahrt. Eine halbe Stunde später landete die Maschine mit ein paar Minuten Verspätung auf dem Flughafen südlich des Weserbogens. Die Aufforderung der Stewardess, sitzen zu bleiben bis zum Stehen des Flugzeugs, war wieder einmal vergebens. Obwohl die Maschine auf der Rollbahn noch nicht ihre endgültige Position erreicht hatte und langsam dem blinkend vorausfahrenden, gelb-schwarzen Fahrzeug folgte, standen die meisten Gäste schon im Gang. Sie hatten über sich die halbrunden Schalen der Ablagen geöffnet. Das gesamte Handgepäck, Taschen und Jacken wurden heruntergereicht und man bereitete sich auf den

Ausstieg vor. Endlich kam das Flugzeug zum Stehen und die Beleuchtung flackerte kurz auf, als man an die Stromversorgung der Gangway angeschlossen wurde. Das anhaltende Geräusch der Turbinen ebbte langsam ab und die Schrift „Bitte anschnallen!" ging aus. Bevor die Tür zu dem teleskopartigen Schlauch des Ausgangs geöffnet wurde, drängten die Passagiere schon durch den Gang nach vorne. „Auf Wiedersehen! Ich hoffe Sie hatten einen angenehmen Flug!" wiederholte die freundliche Dame der Flugbegleitung und hielt am Ausgang einen Korb mit Schokoladen-Herzen bereit. Die Maschine leerte sich schnell und einer der letzten Gäste sprach die Stewardess an, die dabei war, die ausgeteilten Decken wieder von den Sitzen einzusammeln. „Da hinten sitzt noch ein Gast, der scheint die Landung verschlafen zu haben!" Die junge Dame bedankte sich und ging nach hinten. Da saß ein Mann mittleren Alters, gepflegtes Aussehen, noch angeschnallt auf seinem Sitz. Es war der gleiche Gast, der weder ein Essen, noch ein Getränk verlangt hatte. Er musste wirklich einen festen Schlaf haben. „Hallo, entschuldigen Sie, aber Sie müssen jetzt aussteigen, wir sind soeben …" weiter kam sie nicht denn der Kopf des Gastes fiel unnatürlich nach vorne. Die erfahrene Frau sah sofort, dass der Mann ohne Bewusstsein war. Sie betätigte den roten Service-Knopf, der neben der Lüftung über dem Sitz angebracht war und versuchte dann, den Sitz nach hinten zu stellen, damit der Fluggast in eine halbliegende Position kam. Die Männer aus dem Cockpit und zwei weitere Frauen eilten durch den Gang nach hinten: „Was ist passiert?" Man hatte schnell festgestellt, dass kein Puls mehr zu fühlen war, auch alle Bemühungen mit dem Notkoffer eine schnelle

Reanimationen zu versuchen, blieben erfolglos. Der Mann war tot. Die herbeigerufenen Ärzte mussten die Polizei einschalten. Man ließ sich die Passagierliste geben, denn sie hatten schnell festgestellt, dass der Mann erstochen worden war. Durch den Sitz hindurch war ein langer, sehr spitzer Gegenstand in den Rücken des Gastes gedrungen und hatte die Polster des Sitzes und die Kleidung blutgetränkt. Die Reihe hinter dem Mann hatte jedoch keine Gäste befördert. Man musste hoffen, dass sich andere Passagiere daran erinnern würden, wer sich auf den leeren Sitzen, wenn auch nur kurz, aufgehalten hatte. Die Ermittlungen dauerten, ohne einen sichtlichen Erfolg erzielt zu haben, ganze zwei Monate. Viele Gäste waren bei der Zwischenlandung zugestiegen. Endlich dazu befragt, wollten oder konnten sich die Gäste nicht mehr daran erinnern, wieder andere hatten die letzte Etappe des Fluges fest geschlafen. Man musste sich das Umfeld des Ermordeten genauer anschauen. Der Mörder konnte sich nur unter den mitgereisten Gästen, oder den Flugbegleitern befinden. Man fand keinen Anhaltspunkt und nur eine Verbindung zu dem mitgereisten Freund, der das Flugzeug schon bei der Zwischenlandung verlassen hatte. Da lebte der Mann noch. Der Mord konnte nicht geklärt werden.

Kapitel 7 (Der neue Kollege)

Eine Woche später kam der neue Assistent, der als Praktikant vor einem halben Jahr schon einmal bei der Kripo gearbeitet hatte. Voller Tatendrang hatte er sich beworben und einen positiven Bescheid bekommen. Die drei Jahre im Außendienst als Verkehrspolizist, die als

Basis und Erfahrung nötig waren, hatte er hinter sich gebracht. Die Polizeischule für die höhere Laufbahn mit Bravour bestanden, war schon immer sein sehnlichster Wunsch gewesen, endlich bei der Kripo arbeiten zu dürfen. Man legte ihm am ersten Arbeitstag den Stapel mit allen unerledigten Fällen vor. Er sollte sich hier zuerst einmal durcharbeiten. Der Leiter dachte dabei weniger an neue Erkenntnisse, er wollte vielmehr dem unerfahrenen, jungen Mann solche Fälle als Übung und Verständnis für die Arbeit zur Verfügung stellen, denn ihn zur Aufklärung neuer Fälle mitzunehmen, schien ihm dennoch wesentlich verfrüht. Hier irrte der erfahrene Beamte jedoch gewaltig. Joachim Stehler, von seinen Freunden kurz Jockel genannt, nahm die ungeklärten Akten sehr akribisch und genau unter die Lupe. Als erstes schaute er sich die Unterlagen, Aussagen und Fotos, sowie die gerichtsmedizinischen Ergebnisse der Moorleichen an. Die Aussagen der Polizisten vom Fundort, sowie die vorläufige Festnahme des Autors las er mit großem Interesse, notierte sich Anmerkungen und Kleinigkeiten. Danach befasste er sich mit dem zweiten Fall. Dem Toten nach der Landung im Flugzeug. Er las auch hier zuerst die Aussagen der Reisenden und stellte schnell fest, dass der Ermordete schon als erster in der Maschine gesessen haben musste. Die Gruppe des Reinigungspersonals, an das niemand gedacht hatte, war zu diesem Zeitpunkt noch mit den vorderen Reihen beschäftigt. Zwei Frauen erinnerten sich daran, dass einer ihrer neuen Mitarbeiter den Gast bevorzugt hinten in die Maschine gelassen hatte. Joachim besorgte sich den Arbeitsplan des Sub-Unternehmens „Clean", was sich als äußerst schwierig herausstellte. Mit der Hilfe seines

Leiters, dem Oberkommissar Kröger, der anfänglich der Sache gegenüber sehr skeptisch gewesen war, wurde schnell stutzig. Die Frauen gaben den entscheidenden Hinweis auf den Mann ihrer Firma der, wie sich zeitlich nun herausstellte, nach diesem Vorfall am darauf folgenden Tag nicht mehr zur Arbeit gekommen war. Noch schlimmer jedoch gestaltete sich nun das Fiasko dieser Sicherheitslücke, denn erst jetzt entdeckte man, dass die Angestellten und Arbeiter dieser Firma nur flüchtig überprüft und viel zu schnell eingestellt worden waren. Mit ihren Ausweisen durften sie sich ungestört in Bereichen aufhalten, die mit Stufe 1 bezeichnet wurden. Erwartungsgemäß waren dann sowohl die angegebene Adresse, als auch das unscharfe Einstellungsfoto der Personalabteilung für eine Strafverfolgung völlig wertlos. Die Anschrift hatte nie existiert, das Foto war mindestens fünf Jahre alt. Jockel, ihr „Frischling" hatte ins Schwarze getroffen. Der darauf zwangsläufig eingeleitete Druck der Kripo auf den Betreiber war riesig. Eine eilig verfasste Erklärung der Leitung wurde von den Sicherheitsbeamten nicht mehr akzeptiert, die Männer des Aufsichtsrates abgelöst und ersetzt. Die Beamten des Zolls waren fassungslos. Deren Chef gab augenblicklich eine Pressekonferenz. Seine Wut über diese schlampige Arbeitsweise war verständlich, denn was nutzte eine ausführliche Kontrolle der Fluggäste, wenn vom Reinigungspersonal unkontrolliert alles Mögliche an Bord gebracht werden konnte. Die Kriminalbeamten bildeten eine Sondergruppe. Dieser flüchtige, unbekannte Mann musste doch zu ermitteln sein. Joachim kniete sich nun, extrem motiviert, mit der Hilfe von zwei erfahrenen Kollegen noch intensiver in den unerledigten Fall. Man recherchierte, dass der Getötete bei seinen Untergebenen überhaupt nicht gut gelitten war. Elmar von Banater galt in der Firma als rücksichtsloser Abteilungsleiter, Sektion Naher Osten. Mancher, seiner Angestellten waren von ihm persönlich wegen Nichtigkeiten fristlos entlassen worden. Trotz seiner guten Stellung führte er ein über alle Maßen sündhaft teures Luxusleben, das man sich nicht nur mit seinem normalen Gehalt erklären konnte. Bei der anschließenden Durchsuchung seiner Prachtvilla am Stadtrand von Oldenburg fanden sie nichts Verwertbares. In seiner Zweitwohnung in Bremen wurden die Beamten endlich fündig. Mit dem Schlüssel, den der Ermordete an einem Lederband um seinen Hals getragen hatte, konnten sie den Safe öffnen. Der stattliche Inhalt von € 180.000,-- war schon sehr verdächtig. Im Papierkorb des Arbeitszimmers lag zudem ein brisantes Schreiben, das ihnen Rätsel aufgaben. Es war eine handgeschriebene Aufforderung an den Ermordeten, sich der Polizei zu stellen, ansonsten müsse der Absender, der in fetten Buchstaben auf dem Briefkopf stand, seine Unterlagen der Polizei zur Verfügung stellen. Er handelte sich bei dem Schriftstück eindeutig nicht um eine Erpressung! Es war wohl eher der letzte Appell an die Vernunft, den der Absender, ein Privatdetektiv damit erreichen wollte. Worum es genauer dabei ging, war dem Papier nicht zu entnehmen, es stand da nur: „ . . . . euch Waffenschiebern ein Riegel vorgeschoben werden muss". Aller Ansicht nach, hatte sich Elmar von Banater sehr sicher gefühlt, denn anders konnte man sich nicht erklären, wieso der wichtige Brief so achtlos im Papierkorb entsorgt wurde und von ihm nicht verbrannt worden war. Die Beamten beschlossen daher kurzerhand, den Briefverfasser aufzusuchen. „Rüdiger Klein, Im Teufelsmoor 13". Nun wurde der „Neue" erst recht stutzig und so machte Joachim Stehler seine netten Kollegen sofort auf die Querverbindung aufmerksam, denn das war doch eine der gefundenen Moorleichen. Zwei dieser unerledigten Fälle waren unerwartet schnell zusammengeschmolzen und Oberkommissar Kröger zollte dem engagierten, jungen Mitarbeiter seinen großen Respekt. Er bestärkte ihn darin, dass sie nun genügend neue Beweise hatten, um die Fälle aus einem anderen Blickwinkel neu aufzurollen.

Kapitel 8 (Die weiße Katze)

Andy Steffenson hatte gerade einmal vierzig Seiten geschrieben, als das Telefon störte. Er hatte vergessen, den Stecker zu ziehen, denn im Arbeitszimmer wollte er beim Schreiben nicht abgelenkt werden. Bevor der monotone Klingelton ihm zu sehr an die Nerven ging, hob er ab, denn er war jetzt sowieso aus dem Konzept: „Ja, bitte?" er meldete sich grundsätzlich nicht mit seinem Namen, denn es gab zu viele Anrufe von Leuten, die ihm etwas aufschwatzen wollten. Sein Telefon hatte eine Geheimnummer und wer folglich bei ihm anrief, der musste die Nummer von ihm haben. „Kripo Bremen. Stehler, mein Name. Joachim Stehler. Sind Sie Andreas Steffenson?" Andy antwortete nicht sofort denn ein „Stehler" war ihm unbekannt. Er räusperte sich und erwiderte stattdessen: „Wie kommen Sie an meine Telefonnummer?" Der Beamte am anderen Ende musste zwangsläufig lächeln: „Ein Kollege hat sie mir anvertraut, denn es ist sehr wichtig. Sie haben doch vor ein paar Tagen im Teufelsmoor etwas, . . . sagen wir einmal vorsichtig . . . . . gefunden, richtig?" Die Leitung blieb tot, denn Andreas war sehr überrascht, dass nun doch die Polizei darauf zurückkam. Dann sprach der Kriminalbeamte weiter: „Dazu habe ich ein paar Fragen. Können Sie ins Präsidium kommen? Sagen wir morgen Vormittag um neun Uhr?" Steffenson war sauer. Hätte er bloß nicht damals diese unsinnige Tour nach Osterholz-Scharmbeck gemacht! „Ich bin sehr beschäftigt. Und dass man mich damals verdächtigt hatte, nur weil die Hündin mich ins Moor lockte, das fördert nicht gerade das Vertrauen in eure Arbeit!" Der junge Assistent blieb hartnäckig: „Ich gebe Ihnen Recht! Das musste nicht sein. Darf ich Sie denn wenigstens zuhause besuchen? Es ist für uns wichtig!" Die Leitung blieb tot und so ergänzte der junge Beamte schnell: „Heute noch?" Andreas war unschlüssig. Einerseits wollte er seine Ruhe vor der Kripo haben, andererseits bekam er wahrscheinlich nur so einen größeren Einblick in den Ermittlungsstand und nähere Informationen über das Verbleiben von Rüdiger und Eva. Er stimmte also zu und wollte seine Adresse durchgeben: „Herr Steffenson. Wir wissen, wo Sie wohnen, bis gleich." Eine Viertel Stunde später rollte die Limousine der Beamten über die gepflasterte Auffahrt und blieb schließlich direkt vor der Steintreppe stehen. Andreas hatte die Herren erwartet und öffnete persönlich eine Seite der doppelflügigen Tür. Adele wartete im Foyer. „Darf ich den Herren einen Kaffee oder Tee bringen?" Joachim Stehler war in Begleitung von Oberkommissar Kröger und dessen Assistent Jürgen Feldhaus. Alle nahmen das Angebot auf eine Tasse Tee gerne an. Sie zeigten ihre Dienstausweise und betraten das schmucke Zimmer im Parterre. Der offene Kamin brannte und die schweren, englischen Ledersessel mit den hohen Kopflehnen luden zum Sitzen ein. Andreas Steffenson, der Hausherr eröffnete das Gespräch: „Wie kann ich Ihnen helfen, nachdem sich die Obrigkeit vor Tagen mir gegenüber so misstrauisch verhalten hat?" Verlegen schauten sich die Männer an: „Sie werden doch nicht etwa nachtragend sein?" wollte Kröger wissen und Steffenson antwortete ehrlich: „Doch, will ich. Hätte ich kein eindeutiges Alibi gehabt, so wäre ich wahrscheinlich jetzt noch ein Gast auf Staatskosten, hab ich recht?" Kröger schüttelte mit dem Kopf: „Nein, Sie haben nicht recht, denn die gefundenen Leichen, " er machte eine kurze Pause. Er hatte das Zucken im Gesicht des Autors gesehen:„ Sie haben richtig gehört, es sind zwei Leichen, liegen seit einer Woche im Moor. Nun haben wir den Zeitpunkt des Todes eingegrenzt, nun können wir mit den Ermittlungen konkreter werden und Sie gehören nicht zum Kreis der Verdächtigen, denn das Alibi Ihrer Hausdame war eindeutig. Deswegen sind wir nicht hier. Ich habe eine ganz andere . . . . . " Er unterbrach seinen angefangenen Satz, denn Adele brachte das Tablett mit der heißen Teekanne, etwas Gebäck und drei Tassen. Sie setzte alles auf dem Couchtisch und erklärte: „Kandis ist in der weißen Porzellanschüssel, Löffel liegen daneben. Braucht jemand Milch dazu?" Die Männer verneinten und Adele ging zurück zur Tür. „Ihr Kaffee kommt sofort!" sagte sie freundlich zu ihrem Chef, der in einem der bequemen Sessel versunken war. „Ich höre", Andreas wollte mehr wissen und der Oberkommissar fuhr fort: „Stehler brachte uns darauf", er deutete auf den Jüngsten in der Runde, der mittig zwischen den Kollegen auf der

Couch Platz genommen hatte. „Nun, Stehler, fragen Sie ihn!" forderte der Kripochef seinen Begleiter auf. Der Angesprochene nahm eine Tasse, warf zwei Stückchen Kandis hinein und schüttete den heißen Tee nach. Der braune Blockzucker löste sich mit leisem Knistern in der Tasse auf. Warum machte er diese lange Pause? Er konnte Steffenson nicht verunsichern! Endlich setzte er die Tasse ab und schaute ihn an: „Wieso läuft Ihnen die, wie Sie behauptet haben, fremde Hündin so vertraut hinterher? Sie liegt sogar jetzt da so lieb in ihrem Korb, dass man glauben könnte, sie ist hier zuhause." Wie auf ein Kommando schauten alle zum Kamin, wo das Tier friedlich auf seinem Platz schlief, obwohl Fremde das Haus betreten hatten und sich laut unterhielten. „Sie haben natürlich Recht, denn die gleiche Frage habe ich mir auch schon gestellt." Kröger stellte nun auch seine Tasse auf den Tisch zurück: „Und zu welchem Schluss sind Sie gekommen?" Andreas wusste nicht, ob er seine traumhaften Vorahnung erwähnen sollte und versuchte, das Thema zu wechseln: „Wird das Tier irgendwo vermisst?" Stehler antwortete so schnell, als hätte er auf diese Frage gewartet. „Das Ehepaar, das in dem besagten Haus Nr. 13 wohnt, ist nicht der Besitzer. Der Hund heißt auch nicht Hasso, wie uns der Mann weißmachen wollte. Wir haben anhand der Nummer auf dem Halsband im Steueramt angerufen, Sie haben Recht. Diese Hündin wurde von ihrem Besitzer, dem im Moor von Ihnen gefundenen Rüdiger Klein tatsächlich „Lotte" genannt. Nachdem das verschwundene Paar von hier fortgezogen war, hat das Ehepaar Kramer angeblich das Anwesen gekauft und zog dann selbst hier ein. Das war vor einer Woche. Seltsam ist nur, dass Sie bei den Kollegen zuerst ausgesagt hatten, dass ihnen der Name Rüdiger Klein und Eva Grund nicht bekannt sei. Wir haben sie daraufhin befragt und sie haben uns erklärt, dass sie den ehemaligen Besitzern das Haus abgekauft hätten, bevor die ausgewandert sind. Sie dachten, es gäbe Probleme mit eventuellen Erben, als ein Fremder aufgetaucht war. Sie konnten uns allerdings keinen Kaufvertrag zeigen und im Grundbuchamt sind sie auch nicht erwähnt. Frau Eva Grund hatte in der Kanzlei nicht gekündigt und sie ist auch seitdem nicht mehr gesehen worden. Deshalb sitzt das Pärchen jetzt auch in U-Haft. Die müssen in irgendeiner Weise mit dem Verschwinden ihres Freundes zu tun haben, denn die Ehefrau, Karin Kramer, ist eine geborene „von Banater". Sie ist die Schwester des Mannes, der . . . ." Kröger räusperte sich laut und unterbrach den Redefluss seines übereifrigen Assistenten. Das kurze Klopfen an der Tür kam von Adele, die ihrem Chef den erwünschten Kaffee bracht. Sie ging sofort wieder hinaus. „Haben Sie uns nicht irgendetwas verschwiegen? Woher Sie den Namen der Hündin kannten, zum Beispiel? Und was Sie im Teufelsmoor wollten?" Andreas trank einen Schluck, stellte die Tasse neben sich ab und nahm sein mobiles Telefon aus der Tasche: „Ich habe kurz vor meiner Fahrt eine SMS von Rüdiger bekommen. Hier, Moment ich zeig sie ihnen." Andreas tippte vergebens auf den kleinen Knöpfen, die Nachricht konnte er auch diesmal nicht wiederfinden. „Werden die Zeilen automatisch gelöscht, wenn man sie gelesen hat? Wissen Sie das?" Er spürte, dass man ihm wieder nicht glauben wollte. „Verdammt, ich hatte da so eine Ahnung. Ein Traum. Aber was soll ich Ihnen denn dazu sagen, Sie glauben mir ja doch wieder nicht!" „Im

Gegenteil, das wäre die einzige Erklärung, denn Sie hatten ihre Villa tatsächlich an dem Tag nicht verlassen", sagte Kröger. „Wir kennen solche Phänomene und sind mehr als dankbar darüber. Erzählen Sie, was Sie geträumt haben!" Andreas fasste Vertrauen zu den Männern, die ihn konzentriert ansahen und seiner Erzählung lauschten. Feldhaus, der bis dahin nicht ein einziges Wort gesagt hatte, zückte seinen Block und schrieb fleißig mit. Andreas war froh, endlich diesen Albtraum schildern zu können. Nach einem Moment des Schweigens schaute Kröger ihn an: „Wären Sie bereit, uns zu helfen? Wir ziehen in schwierigen Fällen, die keinerlei Anhaltspunkte bieten, manchmal einen medial veranlagten Mitarbeiter hinzu. Seine übersinnlichen Fähigkeiten haben uns schon in so manchem Fall weitergeholfen, aber in diesmal tappt er völlig im Dunklen. Wir haben das kleine, angemietete Büro von Herrn Klein in Bremen durchsucht. Hier fanden wir auch DNA-Spuren von ihm, da er manchmal dort übernachtet hatte. Bei den gefundenen Moorleichen handelt es sich eindeutig um Ihren Freund Rüdiger und seine Lebensgefährtin Eva. Sie müssen seit knapp einer Woche da gelegen haben, es tut mir leid." Warum war Andreas über diese Nachricht nicht erschrocken? So ähnlich musste seiner Großmutter zumute gewesen sein, als ihr zum ersten Mal bewusst wurde, welche gedankliche Kraft sie da in sich trug. Sofort fiel ihm sein Traum vom Flieger ein: „Gibt's einen Zusammenhang mit einem Flugzeug?" Stehler fing sofort unnatürlich an zu husten und dem Kommissar fiel die Tasse aus der Hand. „Davon können Sie absolut noch nichts wissen, Steffenson!" Feldmann glaubte auch nach den positiven Erfahrungen mit solchen Medien immer noch nicht an diesen übersinnlichen Kram. „Also hab ich doch Recht! Rüdiger findet keine Ruhe und will mir im Schlaf etwas mitteilen. Ich sah ein rotes Flugzeug, eine Nr. 812, ein stechender Schmerzen im Rücken! Ist da was bei?" Steffenson schaute in drei erschrockene Gesichter. Er hatte sprachlose Beamte vor sich, die nun ohne Zaudern an ihn glaubten. Der Autor willigte ein, sich von den Polizeipsychologen informieren und auch schulen zu lassen, um die geträumten Erlebnisse besser und eindeutiger einordnen zu können. Ihm wurde erklärt, dass man vor Gericht mit eindeutigen Aussagen, Beweisen und Erkenntnissen in einem Prozess auftreten musste. Diese „vagen" Träume, würden vor Gericht nicht anerkannt oder bewertet. Es war und ist eine Grauzone. Die Ermittlungsergebnisse führten jedoch trotzdem in den Vorermittlungen zweifellos oft zu den Tätern. Diese, vom Medium erbrachte Erkenntnis konnte dann von den ermittelnden Beamten gezielt eingesetzt werden, um daraufhin dann zu den erwünschten Überführungen der Täter zu gelangen. Er musste lernen, alle Dinge immer im Zusammenhang mit den Ereignissen zu interpretieren. Erst dann würde er verstehen und helfen können. Die Geschichte, die er darüber schreiben wollte, musste jetzt zurückstehen. Es galt, seinem ermordeten Freund den letzten Wunsch zu erfüllen. Er war fest dazu entschlossen und bereit für die anstehenden Aufgaben. Zusammen fuhren sie aufs Revier.

Kapitel 9 (Die Katze kommt wieder)

Andreas kam erst sehr spät wieder in der Villa an. Ein Dienstwagen der Polizei hatte ihn gebracht. Adele war zuerst erschrocken gewesen: „Chef, nicht schon wieder", hatte sie ihm gesagt und Andreas klärte sie auf, dass er nun, zumindest in diesem aktuellen Fall, mit der Kripo zusammen arbeiten würde. Er war zu müde, um den Boxkampf im Fernsehen noch zu verfolgen und programmierte die Festplatte seines Receivers. Nachdem er geduscht hatte, gönnte er sich noch einen 18 Jahre alten Bowmore, den er genüsslich im Sessel seines Schlafzimmers zu sich nahm. Erst als ihm die Augen zuzufallen drohten, zog er endlich den Hausmantel aus, öffnete das Fenster einen Spalt und schlüpfte in sein Bett. Er atmete noch einmal kräftig durch und löschte das Licht. In den frühen Morgenstunden hatte er wieder einen seltsamen Traum. Er befand sich in einem Hafengebiet. Deutlich hörte er das Nebelhorn eines Schiffes. Ein kleines Tier huschte durch die Dunkelheit und sprang auf eine Mauer. Dort, im hellen Licht einer Straßenlaterne erkannte er das weiße Kätzchen. Es wendete den Kopf in Richtung eines elegant gekleideten Mannes, der von südländisch aussehenden Männern einen Metallkoffer voller Geldscheine bekam. Er übergab dafür nur einen kleinen USB-Stick, den die Männer an ihrem Notebook sofort nachkontrollierten. Die Männer nickten und der Mann mit dem Koffer kam direkt auf ihn zu. Sein Kopf war durchsichtig, so, als wäre er hohl. An Stelle der Augen sah er nur dunkle Löcher. Der Mann ging ohne jegliche Reaktion ganz dicht an ihm vorbei, und Andreas konnte deutlich das Namenschildchen an seinem Revers lesen: Dr. Georg Hein, Chemiker. Er war sofort hellwach und notierte in Stichworten seinen soeben erlebten Traum. Das war ein wichtiger Tipp von den Psychologen gewesen, denn so konnte er am nächsten Morgen die

Erlebnisse besser und genauer mit dem Leiter der telepathischen Abteilung des Kriminalamtes durchgehen. Er versuchte erneut, einzuschlafen. Erst nach einer gefühlten Ewigkeit überkam ihn endlich ein traumloser Schlaf. Mit sehr starken Kopfschmerzen wachte er erst am Mittag auf. Noch auf nüchternen Magen nahm er gegen jede Vernunft zwei Tabletten, denn krampfartig schien sich sein Hirn zusammenzuziehen. Migräne war für ihn bis zum heutigen Tag ein Fremdwort gewesen. Nun wusste er, was manche Menschen zu durchleiden hatten, wenn sie von diesen stechenden, starken Schmerzen übermannt wurden. War das der Preis für solche Träume? Hatten diese Vorahnungen solche Folgen? Er musste auch diese bange Frage an die Speziallisten stellen, denn dann schien ihm der Preis doch etwas sehr hoch zu sein.

Kapitel 10 (Die Chemischen Werke)

So etwas hatte der erfahrene Chef der Mordkommission, Oberkommissar Kröger in seiner gesamten Laufbahn noch nicht erlebt. Er war jetzt dreißig Jahre dabei und sollte sich langsam um einen Nachfolger kümmern. Die Pathologen hatten ihnen soeben den Abschluss - Bericht über die Todesursache eines hohen Managers zugeleitet. Man hatte den Mann vorgestern leblos auf einer Wiese im Stadtpark aufgefunden. Keine äußere Verletzung hatte auf Fremdeinwirkung schließen lassen. Und nun das. Kröger las seinen Mitarbeitern den entscheidenden Absatz laut vor: „ . . . . . stellten wir fest, dass sich kein erkennbares Gewebe, irgendwelche Reste von Adern, Blut oder Gehirnmasse mehr im Kopf des Aufgefundenen befunden hatte. Wir konnten lediglich eine verklebte, unförmige Substanz unter der Schädeldecke auffinden. Die Analyse hat ergeben, dass sich die organischen Teile allesamt durch eine säurehaltige Flüssigkeit aufgelöst haben, die chemische Bestimmung steht zwar noch aus, aber mein Assistent tippt auf Fluss,- oder Schwefelsäure. Der Fundort ist keinesfalls auch der Tatort. Der Getötete muss hierher gebracht worden sein. Am Platz befanden sich keine Fußabdrücke, Schleif, oder Reifenspuren. Es ist uns ein Rätsel, wie der Mann dorthin gelangt ist. Er hatte alle Ausweispapiere und Wertgegenstände noch bei sich." Kröger drehte sich zu der Sachbearbeiterin um, die den meisten Schriftkram und die Telefonate für ihn erledigte: „Name und Adresse, Elke. Und womit er sein Geld verdient hat." Die junge Frau grinste und deutete zum PC ihres Chefs: „Haben Sie doch schon auf dem Bildschirm, auch einen Cappuccino?" Gedankenverloren nickte Kröger und öffnete das Intranet, das interne Informationssystem des Kriminalamtes in seinem Rechner. Die Kollegin ging in den Nebenraum und man hörte das surrende Geräusch der aufheizenden Kaffeemaschine. Kröger ging an sein Telefon und wählte die Nummer seiner Kollegen in der Medizin. „Hallo, Hans hier. Es geht um den Bericht von diesem, . . . Moment. Ahh, hier ist es, Dr. Georg Hein, Chemiker bei den hiesigen Chemie-Werken. Ich mache es kurz. Weiß man schon, wie die Säure in den Schädel gelangt ist?" Einen Augenblick lang war die Leitung still, dann meldete sich der Teilnehmer wieder: „Steht das nicht da? Ganz am Ende, letzter Absatz. Das rechte Trommelfell war zerfetzt. Die Flüssigkeit muss ihm durch den Gehörgang eingeflößt worden sein, der ebenfalls stark angegriffen und verätzt ist. Ob er dabei schon betäubt auf der Seite lag oder schlief können wir nicht sagen. Bei vollem Bewusstsein kann er jedoch keineswegs gewesen sein, denn dann hätte man ihn fixieren, also fesseln müssen. Zumindest wären dann deutliche Kampfspuren an Armen und Beinen festzustellen. Wer lässt sich schon ohne Gegenwehr etwas ins Ohr schütten? Der Tod trat unmittelbar danach ein, das ist eindeutig. War´s das?" Kröger bestätigte: „Danke, ja fürs Erste. Die restlichen Ergebnisse und Daten könnt ihr uns dann mailen, danke." Betroffen schauten sich die Kollegen an. Elke, die Bürogehilfin stand mit einem Tablett in der Tür: „Alles in Ordnung? Ihr schaut so entgeistert." Irritiert erklärte der Leiter nur, was sie soeben erfahren hatten. Er nahm die Tasse dankend an und trank das heiße Getränk. „Mord! Eindeutig!" sagte Feldhaus und Kröger nickte ihm zu. „Wir werden uns seine Arbeitsstelle einmal genauer anschauen, Jürgen du gehst mit. Elke, wenn noch was ist, meine mobile Telefonnummer hast du ja." Die Männer zogen ihre Jacken an und verließen das Büro. Im Aufzug sagte Kröger plötzlich: „Azteken! Da fällt mir das alte Volk der mittelamerikanischen Indios ein." Er hatte die ganze Zeit nach Ähnlichkeiten gesucht. Als Feldhaus ihn verwundert ansah, ergänzte er: „Die Ureinwohner hatten damals schnell gemerkt, dass es die spanischen Eroberer nur auf ihr Gold abgesehen hatten, da haben sie vereinzelten, gefangenen Soldaten flüssiges Gold in die Augen geschüttet. Sie sollen dabei gesagt haben, das Gold ist euer Gott, wir verfluchen ihn! Oder sogar, da habt ihr euren Gott!" Jürgen stimmte ihm zu und sagte verständnisvoll: „Ach, das meinst du!" Kröger nickte: „Ja genau das meine ich."

Kapitel 11 (Eine peinliche Verwechslung)

Als sie mit dem Wagen vor dem Tor der Chemiefabrik ankamen, versperrte eine Gruppe von Umweltschützern mit Transparenten und Plakaten die Einfahrt. Sie riefen im Chor immer wieder: „Ihr macht euch schuldig!" und zu lesen war: „Wir wollen die Wahrheit wissen!" Das Tor war geschlossen und mehrere uniformierte Männer des Werksschutzes standen mit dem Pförtner hinter der Schranke, die zusätzlich heruntergelassen war. Jürgen steuerte das Fahrzeug eine Straße weiter und dann gingen sie zu Fuß die paar Meter zurück. Sie kamen mit den Aktivisten schnell ins Gespräch. Die Leute hatten eine eigene Vorstellung von dieser Firma, die im Internet und in allen Zeitungen mit gesunden Böden und grasenden Rehen auf Wiesen eine von ihnen erreichte, heile Welt darstellten. „Alles Lügen! Wir haben Informationen, dass diese Typen ihr schmutziges Geld damit verdienen, dass sie chemische Kampfstoffe ans Militär liefern!" Kröger zückte seinen Ausweis: „Schlimme Beschuldigungen, die Sie hoffentlich beweisen können!" Die Leute drängten auseinander und die Stimmen verstummten. „Ach, so ist das! Die haben Sie um Hilfe gebeten. Das ging aber schnell. Wir sind nicht auf deren Gelände und tuen nur unsere Meinung kund! Wir haben nichts verbrochen, im Gegenteil zu dieser Firma, da!" Kröger schüttelte den Kopf: „Sie können hier demonstrieren, wie sie wollen, deshalb sind wir nicht hier. Dürfen wir nun durch?" Eine Frau stellte sich noch einmal in den Weg: „Darf ich den Ausweis noch einmal sehen?" Feldhaus hielt ihr sein eingeschweißtes Kärtchen und die Blechmarke mit seiner Dienstnummer entgegen. „Mordkommission? Wieso das?

Haben die mit ihren Giftstoffen etwa schon Leute umgelegt? Sind die Substanzen denn schon ausgeliefert? Genau das wollen wir doch verhindern!" „Worum es geht, dürfen wir Ihnen doch nicht sagen, das wissen Sie doch. Und nun möchten wir da durch, bitte!" Die Leute bildeten eine schmale Gasse und die Beamten gingen zum Tor. Sie betätigten die Klingel und winkten den Männern, die aus dem Büro zu ihnen herüber schauten. Da ertönte ein Megaphon: „Achtung, Achtung! Hier spricht der Werksschutz. Sie haben sofort den Eingang zu räumen, um den Fahrzeugen eine ungehinderte Zufahrt zu ermöglichen. Sollten Sie dieser Ausforderung nicht augenblicklich nachkommen, wird das entsprechende Konsequenzen für Sie haben! Ich wiederhole . . . " Kröger betätigte noch einmal die Klingel, die am Pfeiler neben dem Tor angebracht war. Sein Kollege zog ihn am Arm: „Sieh mal, Hans. Wie schnell die gehorchen!" Kröger schaute sich um und sah, dass sich die Gruppe schon zwanzig Meter entfernt hatte und die Schriftbänder einrollten. Kopfschüttelnd wollte er sich gerade wieder umdrehen, da erwischte die beiden ein nasser Strahl. Verwundert sahen sie sich an, doch dann merkten sie augenblicklich, dass der Wasserwerfer mit Tränengas angereichert war. Sie hielten sich ihre Taschentücher vors Gesicht und brachten sich, den anderen Leuten gleich, auch in einiger Entfernung in Sicherheit. „Na, habt ihr jetzt den richtigen Eindruck von diesen Banausen bekommen?" mussten sie sich noch mit geschlossenen, schmerzenden Augen vor irgendeinem sagen lassen. Feldhaus sah verschwommen eine junge Frau, die ihm aufhalf und dabei in seine Jackentasche griff, dann waren sie alleine. Sie mussten ihre Augen mit Wasser auswaschen. Unter Schmerzen und Anstrengung überquerten sie die Straße und gingen in eine Eckkneipe. Dort zeigten sie ihre Ausweise und suchten sofort die Toilettenräume auf. Der Kellner war sehr hilfsbereit und brachte frische Handtücher und half ihnen, so gut er konnte. Mit geröteten Augen betraten sie eine halbe Stunde später wieder den Schankraum. „Geht es wieder?" wollte der Kellner wissen, während der Wirt teilnahmslos seine Gläser spülte. „Geht so!" meinte Kröger und ergänzte: „Passiert das öfter?" Nun schaute der Wirt in ihre Richtung: „Nee, wirklich nicht! Das ist das erste Mal, dass es die Ordnungsmacht getroffen hat. Sonst sind meine Gäste immer die dummen, wenn sie zu nahe an das Tor kommen. Die werden sich einiges zu verbergen haben, das wissen wir schon sehr lange. Zwei Bier?" Der Oberkommissar schüttelte den Kopf: „Wie sind noch im Dienst, zwei Kaffee, wenn´s geht!" Ein bestätigendes Nicken wurde mit einem: „Kommt sofort!" begleitet und die Männer zogen ihre nassen Jacken aus und hingen sie über die Stuhllehnen. Immer noch dünsteten sie diesen beigemischten, schleimhautreizenden Nebel aus. Jürgen erinnerte sich an die junge Frau, die ihm eben geholfen hatte, fasste in die Seitentasche und fand einen Zettel mit einer mobilen Telefonnummer, sowie der Notiz: Morgen 9.30h im Stadtpark. „Was sagst du dazu?" Er hielt seinem Chef den Zettel hin: „Kann wichtig sein. Vielleicht bekommen wir da einen Hinweis, der uns weiterhilft!" Jürgen entgegnete: „Ich habe das bekommen, nicht wir!" Hans nickte: „Wir werden da hingehen, aber damit dir nichts passiert werde ich dich begleiten. Heimlich natürlich! Wieso haben die nicht abgewartet, was wir wollten, " Kröger wandte sich an den Wirt: „Haben Sie die Telefonnummer von der Chemiefabrik?" Der Kellner brachte die beiden Tassen und das Telefonbuch. Sie nahmen einen Schluck und während Kröger sein mobiles Telefon nahm sagte ihm sein Kollege die Zahlenfolge an. „Chemische-Werke, guten Tag. Was kann ich für Sie tun?" Kröger nahm das Telefon und stellte sich in eine ruhige Ecke: „Oberkommissar Kröger. Kann ich bitte einen Ihrer Chefs sprechen?" Kurze Stille. „In welcher Angelegenheit darf ich Sie anmelden?" „Verbinden Sie mich einfach mit Ihrem Chef, ich werde ihm dann den Grund meines Telefonates schon selber sagen, klar!" Ein eintöniges, immer wieder gleiches Klavierstück folgte, bis endlich ein Klicken die elektronische Musik verstummen ließ: „Chemische-Werke, Dr. Maurer, mein Name, Sie wollten mich sprechen?" Kröger entgegnete: „Das ist richtig. Der wahre Grund meines Anrufes kommt etwas später. Zuerst muss ich Sie fragen, was das eben am Tor sollte? Sind Sie gut versichert? Haben Sie einen guten Anwalt?" Die Leitung war tot. Kröger wartete einen Augenblick, dann wiederholte er die letzten Sätze: „Sie verstehen kein Deutsch? Ich habe Sie gefragt, was das eben sollte. Wir sind an ihrem Tor sehr nett empfangen worden, als wir versucht haben, ihre Türglocke zu betätigen. Das wird natürlich Folgen für den Verantwortlichen haben und das scheinen Sie ja zu sein." Einen Augenblick lang schien die Leitung tot zu sein, dann kam endlich ein zögerliches: „Sie, …Sie sind von der Polizei?" Ohne eine Antwort abzuwarten hatte sich der Teilnehmer schnell gefangen: „Dann haben Sie auch diese Rowdys vor unserer Einfahrt gesehen. Die haben alles versperrt. Es war Notwehr! Wenn Sie mit denen gemeinsame Sache machen, so können wir das von hier aus nicht abschätzen." Der Oberkommissar merkte, dass man mit Höflichkeit hier nicht weiterkommen würde: „Herr Maurer, war doch richtig, nicht wahr? Also, Herr Maurer. Wir werden uns von der Staatsanwaltschaft eine Genehmigung besorgen und dann kommen wir mit einer Hundertschaft, vielen Dank für das Gespräch!" wütend drückte er das Gespräch weg, ging zum Tisch zurück und trank den Rest des Kaffees. „Was macht das?" der Kellner schüttelte den Kopf: „Das ist schon in Ordnung, geht aufs Haus!" Sie bedankten sich und gingen mit ihren nassen Sachen zurück zum Wagen. Auf dem Weg dorthin klingelte sein mobiles Telefon. Die soeben gewählte Nummer erschien wieder im Display: „Kröger!" Schnell bekam er Antwort: „Hat eben mein Sekretär mit Ihnen gesprochen?" Der Beamte fragte zurück: „Wen hab ich, bitte schön in der Leitung?" Wieder nannte der Anrufer seinen Namen nicht und wiederholte nur: „Chemische-Werke, hat mein Sekretär, Dr. Maurer eben mit Ihnen gesprochen?" Die eben ausgesprochene Drohung schien Wirkung zu zeigen. „Ja, hat er. Ausgiebig! Und damit war alles gesagt. Wir kommen wieder, mit trockener Kleidung, einer Anzeige wegen fahrlässiger Körperverletzung, Wiederstand gegen die Staatsgewalt und einem Durchsuchungsbefehl, wie war Ihr Name?" Der Teilnehmer hatte verstört aufgelegt. „Willst du wirklich mit Brachialgewalt die Firma aufmischen? So kenn ich dich gar nicht!" Kröger hatte sich wieder gefangen: „So kenn ich mich selber nicht. Aber schlecht ist das nicht, denn nun habe ich etwas Unruhe gebracht, in diese Fabrik." Jürgen fuhr los und bald darauf kamen sie im Revier an. Sie gingen sofort in den Umkleideraum, denn manchmal hatten sie hier auf der Pritsche schon ein paar Stunden schlafen müssen, um einen Fall schnell zuende zu bringen. Beide hatten frische Wäsche und Jeans hier im Schrank und ihre Sekretärin bemerkte sofort die ungewöhnliche Bekleidung, als sie zurück ins Büro kamen, sagte aber nichts. Nun kam Feldmann auf den Zettel und das anstehende Treffen im Stadtpark zurück: „Du erhoffst dir also doch was von dieser Frau?" Bevor Kröger antworten konnte, sagte Elke, die soeben den Hörer aus der Hand legte. „Welche Frau?" Jürgen teilte ihr mit, was sie erlebt hatten und dass der Chef mit Durchsuchung gedroht hatte. „Der Autor Steffenson hat angerufen und mir kurz seinen letzten Traum geschildert. Ihr müsst ihn unbedingt noch einmal dazu befragen, aber ich fürchte", weiter kam sie nicht, denn mit einem akustischen Signal meldete sich ihr PC. Elke hob die Schultern und fuhr fort: „Das wird uns in diesem Fall nicht mehr helfen!" dabei drehte sie ihren Bildschirm herum. Jetzt hatten sie es sogar schriftlich: Die Ermittlungen im Fall der Chemischen-Werke waren mit sofortiger Wirkung eingestellt, unterzeichnet von der Staatsanwaltschaft und mit richterlichem Beschluss. „Wir müssen irgendwo angeeckt sein. Mir scheint, als hätten wir etwas Wichtiges übersehen". Feldmann schien die Gedanken seines Chefs zu erraten, denn er sprach das aus, was Kröger gerade dachte: „Wir müssen Steffenson mehr einbeziehen. So werden wir nicht weiterkommen". Sie setzten sich telefonisch sofort mit dem Autor in Verbindung, zwei Stunden später saßen sie in seinem Arbeitszimmer in der Villa in Dibbersen zusammen. Die letzten Ereignisse schienen alle miteinander verknüpft zu sein. Von einer Einstellung der angefangenen, erfolgversprechenden Ermittlungen wollte Kröger absolut nichts wissen: „Da wollen wir doch mal sehen, was der Staatsanwalt sagt, wenn wir konkrete Beweise vorweisen können, ich gebe uns 48 Stunden Zeit, dann müssen Fakten auf den Tisch. Übrigens, ich heiße Walter und das ist Jürgen. Ich kann besser in einem Team arbeiten, wenn wir uns alle duzen!" Steffenson war das nur recht, er streckte den Beamten förmlich die Hand entgegen: „Andreas, Freunde nennen mich Andy!" Adele brachte eine neue Kanne Tee und einen starken Kaffee für den Hausherrn, dann wollten die Männer nicht mehr gestört werden. „Übrigens, was haben unsere Experten dazu gesagt, dass deine Träume manchmal mit solch heftigen Kopfschmerzen enden müssen? Ist das normal?" Kröger schaute seinen neuen Duzfreund und freien Mitarbeiter besorgt an. Steffenson konnte seine Kollegen beruhigen. „Das schnelle Aufwachen und unruhige Grübeln sind wohl die Ursache für unausgeglichenen Schlaf. Damit verbunden braucht das Gehirn eine Ruhephase, die ich ihm anscheinend noch nicht gebe. Ich verkrampfe zu sehr und will mit Gewalt träumen, was natürlich immer öfter nicht gelingen kann. Nur die Ruhe kann es bringen, meinten die Ärzte. Wenn ein Traum kommt, so soll es sein und ich lasse es zu. Je mehr ich entspanne, umso mehr werde ich träumen." Erleichtert atmete der Oberkommissar auf, denn er wollte in diesem Stadium nicht mehr auf Andys Hilfe verzichten. Sie besprachen in Ruhe die nächsten Vorgehensweisen und analysierten die vergangenen Ereignisse. Dabei kamen nur die reinen Fakten auf den Tisch, die eindeutig zu belegen waren. Erst in den frühen Morgenstunden verließen die Beamten die Villa.

Kapitel 12 (Selbstzweifel)

Andreas schlief ein. Er ging im Traum eine einsame, dunkle Straße entlang. Zuerst dachte er, dass die Eindrücke und Erinnerungen an das Teufelsmoor intensiv zurückkehren würden, aber dann erkannte er weder die Gegend, noch die Häuser. Auch suchte er vergeblich nach seinem kleinen, weißen Vierbeiner. Plötzlich hielt mit kreischenden Reifen ein geschlossener Lieferwagen neben ihm. Die Türen flogen auf und da sprang sie heraus. Die weiße Katze rannte über die Straße und war kurz danach zwischen den Häusern verschwunden. Andreas wurde hart an den Schultern gepackt und ehe er sich versah, lag er auf der Rückbank des schnell wieder losfahrenden Wagens. Man hatte ihn entführt. Nach kurzer Zeit holperte das Auto in die weit geöffneten Tore einer Halle. Andreas wurde von Männern, die allesamt ohne Gesichter waren, in einen Raum gebracht, in dem nur ein Stuhl stand: „Na, du schlauer Mensch, " hörte er eine monotone, ihm völlig unbekannte Stimme: „dann erzähl uns mal, was als nächstes passieren wird!" Er hörte viele Leute lachen, immer lauter, bis sich ein Stimmengewirr daraus entwickelte und er an der Schulter gerüttelt wurde: „Herr Steffenson! Aufwachen! Da ist jemand von der Polizei, der Sie dringend sprechen möchte!" Andy richtete sich auf. Er lag angezogen, mit einer Wolldecke zugedeckt, auf der Couch im Arbeitszimmer. Es mussten wohl die Selbstzweifel gewesen sein, die ihn in den letzten Traum getrieben hatten. Was würde geschehen, wenn er doch nicht alles so klar erkennen konnte, wenn das wirklich nur zufällige Träume waren? Wenn seine viel zu große Phantasie einfach nur nach einem aufregenden Erlebnis für eine neue Story gesucht hatte? Was war real, was war Traum? Er stand auf, machte sich ein wenig frisch und ging ins Wohnzimmer, immer noch unter dem Eindruck des letzten Traums, von negativen Selbstzweifeln geplagt. Kröger ging nervös auf und ab. „Andreas, wir haben anonyme Informationen über dich erhalten. Es muss eine undichte Stelle bei uns geben. Du stehst auf der Abschussliste, weil man erfahren hat, dass du uns hilfst, die Ereignisse klarer zu sehen. Wir haben Polizeischutz für dich beantragt. Unser Assistent Stehler, ein durchtrainierter Mann, du kennst ihn ja, wird bei dir einziehen. Ihr werdet ab sofort alles gemeinsam machen." Andreas fühlte sich ein wenig überrumpelt, aber wie auf ein Zeichen öffnete sich die Tür und Adele brachte Kaffee und Tee: „Dieser Vorschlag kam von mir, Herr Andreas. Schutz muss sein!" Dominant schaute sie ihn an und nickte dabei bekräftigend, während sie wieder ging und die Tür schloss, ohne Andreas Steffenson die Gelegenheit geboten zu haben, etwas dazu zu sagen. Er schaute den Oberkommissar an: „Überstimmt! Hast du selbst gerade mitbekommen!" Erleichtert wischte der Beamte sich den Schweiß von der Stirn und ging zum Fenster. Er hob die Hand, zum Zeichen, dass diese Sache geklärt war und Jockel Stehler stieg aus und kam mit einem kleinen Koffer auf die Villa zu.

Kapitel 13 (Erste Spuren)

Feldmann ging zu der verabredeten Zeit in den Park und setzte sich auf eine Bank an dem kleinen Teich. Während er genüsslich den mitgebrachten Becher Kaffee trank und verstohlen in sein Schoko-Croissant biss, standen mehrere Enten bettelnd um ihn herum. „Nun gib den Tieren auch was ab", tönte es in seinem Ohr. Der kleine elektronische Helfer war ihm zwingend von seinem Chef angeraten worden, der im Wagen, oberhalb an der Straße parkte und ihn mit dem Fernrohr beobachtete. Die junge Frau, die ihm den Zettel zugesteckt hatte, kam unsicher von der gegenüberliegenden Seite und schaute sich nach allen Seiten um. Sie wurde von einem bärtigen Mann im Parka begleitet, der sich ein paar Schritte zurückfallen ließ, als sie den Kommissar auf der Bank entdeckten. Sie schlenderte langsam auf ihn zu und setzte sich, ohne ein Wort gesagt zu haben. Auch Feldmann schwieg noch eine Weile. „Was ist? Ich höre nichts!" klang es leise an sein Ohr, aber er konnte nun natürlich seinem Chef nicht antworten. Daraufhin begann er das Gespräch mit belanglosem Geplänkel, während der Begleiter der Frau schräg hinter ihnen eine Zeitung aus der Tasche nahm und demonstrativ vor sein Gesicht hielt. „Wir können das Gespräch verkürzen, denn wenn man mich mit Ihnen erwischt, so befürchte ich Schlimmes für uns beide. Suchen Sie nach dem offiziellen Verkauf von Tabletten und medizinischen Grundstoffen, deklariert für angebliche Lieferungen an Krankenhäuser im Nahen Osten. Die Container sollen Morgen Vormittag in Bremerhaven von der „M.S.Golem, Panama" an Bord genommen werden. Pier 13 oder 14. Die Lieferung beinhaltet jedoch die ersten Zutaten für den illegalen Bau von chemischen Kampfstoffen. Diese Ausfuhr ist also gesetzeswidrig, deshalb die falsche Angabe und die gefälschten Papiere. Dr. Hein hatte die Formel für die Zusammensetzung an seine Auftraggeber schon verkauft und das meiste Geld vorab auch schon kassiert, als die Männer feststellten, dass wichtige Daten von dem USB-Stick gelöscht waren. Unser Privatdetektiv muss einen Auftraggeber gehabt haben, der ebenfalls solche Schweinereien vermutete und auf Beweismittel hoffte. Jedenfalls hat sich Klein, so hieß der Mann, in das Büro der Chemie-Firma eingeschlichen und den Stick dabei tatsächlich gefunden. Dann entweder ausgetauscht, kopiert oder gelöscht. Jedenfalls wussten wir das von unserer Mitstreiterin, Eva Grund. Sie arbeitete bei einem Anwalt und war die Geliebte von Klein. Der korrupte Chemiker wurde daraufhin liquidiert, wahrscheinlich auch dieser Elmar von Banater, von Import-Export, der Firma, die solche Seetransporte organisieren konnte. Wir haben keinen Kontakt mehr mit Rüdiger Klein und Eva. Wir sorgen uns um sie, denn man ist immer noch hinter den verschwundenen Formeln her. Ohne die können sie das Gas nicht wirksam zusammensetzen! Das war alles, was wir herausgefunden haben. Der Rest ist Ihre Aufgabe!" Genauso schnell, wie sie geredet hatte, so abrupt stand sie plötzlich auf. Bevor Feldmann etwas fragen konnte, war die Frau schon mit dem wartenden Mann den Hügel hoch und in der U-Bahn Station verschwunden. „Bleib noch ein wenig auf der Bank sitzen. Ich fürchte, man ist ihr gefolgt! Ich habe zwei Männer gesehen und lauf hinterher." Kröger hatte sein Fahrzeug verlassen und war gerade auf der Treppe, die nach unten zu den Gleisen führte, als ihm die beiden Männer eilig wieder entgegen kamen. Als sie ihn oben auf den Stufen sahen, drehten sie sich um und verschwanden wieder in den weitläufigen Gängen der Untergrundbahn. „Die müssen von mir gewusst haben!"

schoss es ihm durch den Kopf und eilte hinter ihnen her. Bald stand er vor dem waagerechten Drehkreuz, dass ein Durchgehen mit den blockierten, abgewinkelten Stäben verhinderte. „Polizei, Hilfe! Schnell. Ruf doch einer die Polizei!" Er hatte mit seinem mobilen Telefon hier unten keinen Empfang und lief zurück zur Treppe: „Feldmann, schnell! Ruf einen Krankenwagen und die Verstärkung zur Station 24 „Am Stadtpark". Ich fürchte wir sind zu spät!" Kommissar Feldmann sprang so schnell von der Parkbank auf, dass die pickenden Enten schnatternd in den Teich flüchteten, die Reste seines Blätterteichs fielen unbeachtet herunter. Bald darauf war der Zugang zu der U-Bahn abgesperrt und die beiden Kriminalbeamten standen sprachlos vor dem Pärchen, das scheinbar schlafend auf den schwarzen, drahtgeflochtenen Sitzen nebeneinander saß. Wäre dem Mann nicht sein mobiles Telefon ohne eine Reaktion scheppernd vor seine Füße gefallen, keiner hätte bemerkt, dass die beiden tot waren. In der Gerichtsmedizin stellten sie später fest, dass sie aus nächster Nähe durch eine kleinkalibrige Waffe mit Spezialmunition getötet wurden.

Kapitel 14 (Bremerhaven)

Zwischen dem Deutschen Schiff Museum und dem Fischereihafen lag die M.S.Golem am Pier. Hier war nur ein kleiner Containerumschlagplatz. Die Papiere waren vom Zollamt geprüft und für einwandfrei befunden worden. Das war die Auskunft, die Kröger telefonisch erhalten hatte. Im Übrigen war man soeben dabei, die Ladung zu löschen. Um das Ablegen zu verhindern und eine genaue Durchsuchung des betreffenden Containers anordnen zu können, musste Kröger jetzt schnell eine plausible Erlaubnis dafür haben. Der Staatsanwalt winkte sofort ab, als er versuchte, ihm seinen Verdacht zu schildern, denn die Beweismittel waren ihm zu vage. Er verwies auf Amtsrat Huber, den Polizeipräsidenten. Kröger stach mit seinem Anruf in ein Wespennest. Huber war außer sich und beschwor den Kriminalbeamten, sein, wie er es nannte, emsiges Herumstochern im Nichts endlich aufzugeben. Natürlich gab er das Schiff frei und zu einer Durchsuchung der Ladung hatte er somit keine Befugnis, denn die Lieferung der medizinischen Mittel war mehrfach geprüft worden. Sie unterstand angeblich nicht seinem Resort als Präsident, sondern war alleine Sache des Außenwirtschaftsministeriums. Die wären allerdings mehr als betrübt, wenn ihre Bemühungen von medizinischen Lieferungen in den Nahen Osten von einem kleinen Schreibtischhengst boykottiert würden. Ohnmächtig und hilflos musste er mit ansehen, wie das Schiff planmäßig von Pier 13 ablegte.

Kapitel 15 (Hilfe aus dem Jenseits)

Ganz deutlich sah er im Traum Rüdiger vor sich. Er wirkte kraftlos und müde. „Andy, Andy! Warum hilfst du mir nicht? Eva wurde entführt. Man hat versucht, mich davon abzuhalten, die Datei der Polizei zu geben. Sie haben Eva ermordet. Als ich das herausgefunden hatte, galt es nur noch, diesen Wahnsinnigen das Handwerk zu legen. Bald würden sie sich nicht mehr länger hinhalten lassen und dann wäre alles verloren. Lotte trägt die Informationen, die nötig sind ….." Sein Körper zerfiel wie eine leere Hülle, ohne dass er genauer mitgeteilt hatte, wo die Hündin die wichtigen Dokumente haben könnte. Die Polizei hatte das Halsband durchsucht, geröntgt und das Leder auseinandergeschnitten…ohne Ergebnis. Andreas stand auf und ging nach unten. Lotte lag friedlich in ihrem Körbchen und hob sofort den Kopf, als Andy leise zu ihr trat: „Braves Mädchen", sagte er, während seine Hände das Fell und den Kopf abtastete. Unterhalb des linken Ohres fühlte er die Verdickung des Implantates, das die medizinischen Daten in einem Chip abgespeichert mit sich trug. Andreas ging wieder nach oben und rief den Oberkommissar an: „Ja, Walter, ich weiß, wie spät es ist. Wie habt ihr herausgefunden, wer der Besitzer von Lotte war?" Eine Zeitlang war absolute Stille in der Leitung, dann kam eine verschlafene Antwort: „Das ist jetzt nicht dein Ernst, dass du mich das jetzt fragen musst, oder? Das kannst du mit mir morgen im Revier ausführlich besprechen und jetzt lass mir bitte den Rest der Nacht meine Ruhe!" Bevor Kröger auflegen konnte rief Andreas schnell in den Hörer: „Habt ihr den Chip auslesen lassen oder nur die Steuerbehörde angerufen?" Kröger war mit einem Schlag hellwach: „Chip? Was für ein Chip?" „Na, so etwas haben heute viele Tiere!" „Wer kann so Etwas auslesen?" Andreas antwortete: „Ich nehme an, mit einem Spezialgerät jeder Tierarzt. Ich bin Morgen früh mit Lotte bei dir, gute Nacht!" Steffenson ging zurück. An Schlaf war nicht mehr zu denken und er döste mehr, als dass ihn der Tiefschlaf noch einmal übermannt hätte. Endlich dämmerte es und ein neuer Tag brach an. Ein Tag, der diese blöden Formeln hoffentlich hervor zaubern würde. Er saß schon fertig angezogen im Speisezimmer, als Adele die Küche betrat: „Sie sind schon auf? Müssen Sie früher weg? Davon haben Sie mir gestern aber nichts gesagt!" Andreas legte die Tageszeitung beiseite: „Beruhigen Sie sich, mir ist da nur eine wichtige Sache eingefallen. Ich muss mit der Lotte zum Tierarzt." Adele war mit der Kaffeemaschine beschäftigt und hörte nur flüchtig mit einem Ohr zu: „Der Hund ist krank?" Andreas nickte: „Ja, ja, so ähnlich!" Er nahm den Sportteil und las unbekümmert weiter, denn er hatte noch eine Stunde Zeit. Der Oberkommissar wollte um acht Uhr bei ihm sein. Andreas schaute auf seine Armbanduhr, es war jetzt genau sieben Uhr fünfzehn. „Ich bringe Ihnen schon einmal den Kaffee, der Rest kommt gleich." Punkt acht Uhr klingelte es an der Haustür. Anerkennend schaute Andy auf seine Armbanduhr und stand auf, um den Beamten zu begrüßen. „Das wir darauf nicht früher gekommen sind, Morgen erst mal!" „Morgen, willst du eine Tasse Tee? Kannst noch mit frühstücken. Vor neun Uhr wird kein Tierarzt zu sprechen sein." „Na, gut! Frühstücken wir, aber zum Tierarzt brauchen wir nicht. Wir fahren ins Polizeirevier. Ich habe die Nacht noch herum telefoniert. Feldmann hat einen Spezialisten aufgegabelt, der mit einem solchen Gerät zu uns kommt." Steffenson ging zur Tür: „Adele, sind Sie bitte so lieb und machen dem Oberkommissar einen Tee? Und einen zweiten Teller mit Besteck." „Wie könnte eine solche Nachricht aussehen? Hab da mal drüber nachgedacht, ein USB Stick kann's nicht sein, denn der ist zu groß und müsste operativ entfernt werden, zu umständlich!" Steffenson genoss seinen heißen Kaffee und schaute den Beamten lange an: „Versprich dir nicht zu viel davon, es war so eine Idee." Adele brachte das Tablett mit den Sachen und stellte sie auf den Tisch. Als sie wieder alleine waren antwortete Steffenson nur knapp: „Gleich werden wir wissen, ob meine Überlegung etwas wert war." Nach einer halben Stunde stand Andreas auf und holte das Halsband. Lotte stand sofort neben ihm und wedelte aufgeregt mit dem Schwanz. „Kröger biss noch einmal in sein geschmiertes Butterbrot, nahm eine Serviette und wickelte den Rest ein: „Für später. Wir nehmen den Dienstwagen!" Dann verließen sie mit dem tierischen Begleiter die Villa an der Weser. Eine leichte Anspannung war beiden Männern anzumerken.

Kapitel 16 (Volltreffer)

„Sascha du? Das hätte ich mir denken können!" Kröger ging auf den Kollegen zu, der als Computerexperte für solche Fälle sehr gut geeignet war. Sascha Bülow war ein Spezialist in allen elektronischen Fragen. Die Jagdhündin schien zu ahnen, dass sie nun der Mittelpunkt war. Sie ließ sich widerstandslos auf den Tisch stellen. Sie waren in einem Kellerbüro des Polizeigebäudes. Feldmann, Stehler und Bülow waren bereit, Licht in die Sache zu bringen. Vorausgesetzt, die Idee war richtig. Sascha arbeitete in einer anderen Abteilung und war der Fachmann für elektronische Geräte und Auslesen von zerstörten Festplatten aus einer anderen Abteilung, hatte schon oft für sie gearbeitet. Er schloß den handgroßen Apparat, ähnlich einem Fön, an seinen mitgebrachten Klapprechner an und schaltete beide Geräte ein. Gekonnt hatte er den implantierten Chip geortet und strich mehrfach über das Fell des geduldigen Tieres. Lotte schien regelmäßig beim Tierarzt gewesen zu sein, denn das schien sie gewohnt zu sein. Sie stand fest wie ein

Denkmal. „Da, seht ihr die Zahlenkolonnen? Das sind gespeicherte Daten. Ich zeichne alles auf, dann können wir das am Computer auslesen, dauert eine Weile." Die Hündin ließ geduldig alles über sich ergehen. Bald darauf nickte der Beamte und Andreas hob Lotte wieder zurück auf den gefliesten Boden. Aus der Jackentasche nahm Andy einen Kecks, mit dem Lotte sich in einer Ecke liegend anschließend genüsslich beschäftigte. „So, dann wollen wir mal sehen, was da alles so drauf stand!" Der Programmierer tippte und verschob Listen auf dem Bildschirm, kurz er brachte die ausgelesenen Daten in ein verständliches Bild. Für Kröger waren das böhmische Dörfer. „Hier haben wir was! Aber das sind keine Adressdaten, das sind unverständliche Zeichen, Buchstaben und Zahlen, die sich nicht analysieren lassen. Die normalen Daten sind unverschlüsselt zu lesen, hier: der Name des Besitzers Rüdiger Klein, Bremen, Am Wall 4, dann Lotte, der Rufname des . . . " „Halt, stopp, die Adresse ist uns unbekannt! Er wohnte im Teufelsmoor 13, außerhalb von Osterholz-Scharmbeck und sein Büro war in Bremen in der Bismarckstrasse 535, von dieser neuen Anschrift hatten wir bis jetzt keine Ahnung. Die ist auch im Einwohnermeldeamt nicht eingetragen." Sascha schien auf so etwas gewartet zu haben, denn er schaute nur flüchtig auf: „Das andere ist ein Passwort, für einen Rechner, schätze ich! Moment, da steht noch etwas: „Dies ist die einzige vollständige Datei von Dr. Georg Hein. Da er sich anscheinend nicht aus freien Stücken stellen will, bin ich gezwungen, seine Original-Daten zu verfälschen. Er hat vor, dies illegal an fremde Mächte weiterzugeben. Die Folgen wären unabsehbar. R.K."
„Jetzt kennen wir auch den Grund, weshalb Dr. Hein und

Elmar von Banater sterben mussten, sobald für die Gegenseite feststand, dass die gespeicherte Datei gefälscht war." Kröger war in seinem Element und ergänzte: „Ausdrucken! Alles ausdrucken!" Feldmann schaute die anderen an: „Am Wall 4 hatte der Ermordete eine Wohnung? Wisst ihr, wo das ist?" Die Männer schauten sich unsicher an:" Ha, ha! Soll das lustig sein? In Bremen natürlich!" Feldmann strahlte: „Ja, in Bremen stimmt schon! Aber die Adresse ist neben dem Gerichtsgebäude und der Polizeistation!" Nachdem sie die restlichen, ausgedruckten Daten in den Händen hatten, fuhren die drei Kriminalbeamten zu der neu ermittelten Adresse. Steffenson wurde mit seiner Lotte von einem Dienstwagen wieder nach Hause gebracht.

Kapitel 17 (Am Wall 4)

Kröger war die Straße bekannt vorgekommen, denn er war oft hier am Gericht. Sie parkten dann bei den Kollegen der Polizeistation, unmittelbar daneben. Zu Fuß gingen sie über die Straße und standen bald vor dem kleinen Zweifamilienhaus „Am Wall 4". Auf der Klingel standen zwei Namen: Helmers und Groß. „Groß, wie Klein? Rüdiger Klein?" Kröger zuckte mit der Schulter, als Stehler seine Mutmaßung anbrachte und klingelte bei beiden. Nach einer Weile ging das Flurlicht an, das nun schwach durch die milchige Haustür schien. Umständlich wurde die Tür aufgeschlossen und, durch eine Sperrkette gehalten, nur einen kleinen Spalt geöffnet. Ein kauziger, Alter schaute unwirsch hindurch: „Wir kaufen nichts", sagte er und wartete erst gar nicht ab, was die Männer wirklich wollten. Bevor sich die Tür wieder ganz schloss, zeigte Kröger seine Dienstmarke, die er am Hosenbund befestigt immer bei sich trug. „Kripo Bremen!" sagte er dabei kurz. Das schien seine Wirkung nicht verfehlet zu haben, denn augenblicklich nestelte der Alte nervös an der Kette. Sie baumelte bald darauf am Rahmen und der Mann öffnete die Tür weit: „Endlich, das wurde aber auch Zeit!" sagte er und drehte sich um, ohne die Männer richtig begrüßt zu haben: „Ich gehe vor!" sagte er und stieg die knarrende Holztreppe hinauf. Die Beamten sahen sich an und Kröger legte seinen Zeigefinger auf die Lippen. Dann gingen sie hinter dem Mann die Stufen herauf. Oben stand der Alte vor einer Wohnungstür: „Hier wohnt er. Wir haben ihn seit Wochen nicht mehr gesehen, obwohl er tagsüber oft hier war. Manchmal hat er auch hier geschlafen, aber das war äußerst selten." Kröger nahm einen Notizblock: „Wir? Sie sagten wir haben ihn nicht mehr gesehen." „Ach so, ja. Ich und meine Frau Amalie. Aber die hört nicht so gut, deshalb haben wir die Tür immer abgeschlossen und die Kette davor gehangen, man weiß ja nie!" Feldmann mischte sich ein: „Wenn er nachts gekommen wäre, so hätte er doch gar nicht ins Haus gekonnt." Nun wurde der Alte recht grantig: „Papperlapapp! Dann hätte er eben warten müssen!" Die Männer standen immer noch eng in der kleinen Diele zusammen. „Wie war sein Name, sagten Sie?" Kröger wollte nun endlich weiterkommen, doch der Alte schien jetzt plötzlich misstrauisch geworden zu sein: „Ihre Dienstausweise! Ich will jetzt sofort Ihre Dienstausweise sehen! So ein Blechschild kann jeder haben!" Er nahm kritisch die Plastikkarte von Kröger und ging damit zum Fenster und musterte ihn danach gründlich. „Sie sind doch von der Polizei! Sind Sie nicht wegen Groß hier?" Kröger antwortete: „Was ist denn mit Groß?" Jetzt sprudelte der Mann förmlich über und sein Redefluss war kaum noch zu stoppen. Eine Vermisstenanzeige hatte er gemacht. Schon vor Tagen, als ihm aufgefallen war, dass sich die Post für den Untermieter in seinem Briefkasten angehäuft hatte. Da die Briefe immer auf den Namen „Eva Grund" hierher geschickt wurden, rief der alte Helmers seine Nichte Eva an und wollte sie bitten, die Korrespondenz abzuholen. Aber auch sie meldete sich nicht mehr, es war nur der Anrufbeantworter an. „Wo haben Sie die Briefe?" wollte Kröger wissen und der Mann zeigte nach unten. Er schickte Stehler mit ihm hinunter und wandte sich an Feldmann: „Sollen wir alleine anfangen oder Spurensicherung?" Er überlegte nur kurz: „Die Kollegen sollen das machen, aber ich will dabei sein!" „Nur du? Na gut", sagte er „Ich ruf an." Stehler stand mit einem Bündel ungeöffneter Briefe unten im Flur: „Wollt ihr einen Kaffee oder Tee? Die Dame des Hauses fragt an!" Die Männer gingen nach unten. Es würde eine Weile dauern, bis die Kollegen vor Ort waren, auch wenn das Amt nur einen Steinwurf entfernt lag. Kröger hatte ausdrücklich um diskretes Kommen gebeten. Bald saßen die Beamten in der kleinen Wohnstube und die alte Frau, sie schien dement zu sein, fragte immer wieder dasselbe: „Geht es Ihnen gut? Wer sind Sie und wie sind Sie denn hier hereingekommen?" Geduldig antwortete Feldmann immer wieder: „Ihr Mann war so freundlich und hat uns die Tür aufgemacht!" Die Alte nickte so, als hätte sie das verstanden, dann fragte sie erneut: „Und wie sind Sie hier hereingekommen?" Es ist traurig, wenn man alt wird, dachte Kröger und trank seinen Tee.

Kapitel 18 (Wohnungsdurchsuchung)

Das mobile Telefon vibrierte und Kröger stand auf und ging damit in den Flur: „Ja?" Die Kollegen von der Spurensicherung waren da: „Wir stehen vor dem Haus, sollen wir klingeln?" „Kommt wir machen auf!" Der Oberkommissar erklärte dem Alten, dass sie sich jetzt oben in der Wohnung ungestört umschauen mussten. Sie gingen zur Tür und ließen die Beamten eintreten, die sich erst oben im Flur ihre weißen Overalls und die Plastikhüllen über die Schuhe zogen. Während sie ihre Latexhandschuhe angezogen und mit Mundschutz vor der Tür warteten, stand der Schlosser schon aus seiner gebückten Haltung wieder auf: „Fertig, ihr könnt rein!" sagte er und ging als erster wieder herunter. Seine Arbeit war getan. Auf alles gefasst, drückte der Leiter der Spurensicherung die Klinke herunter und öffnete die Tür. Der abgestandene Mief war bis ins Treppenhaus zu riechen, aber die Fenster mussten trotzdem geschlossen bleiben. Kröger und seine Kollegen waren nun auch mit Schutzanzügen bekleidet und folgten den Beamten in die Wohnung. Erst als sie den Lichtschalter betätigt hatten, sahen sie, dass es kaum Möbel in den Räumen gab. Ein Feldbett mit zurückgeklappter Decke stand verstaubt in einer Ecke. Es gab insgesamt in der kleinen Wohnung nur zwei Zimmer und ein Bad. Kein Schrank, keine Kleidung. Nichts deutete darauf hin, dass hier ein Mensch gelebt haben könnte. Die Männer nahmen trotzdem routiniert ihre Arbeit auf. Endlich rief einer aus dem Zimmer: „Chef, ich glaube, das ist das einzige, was wichtig sein könnte!" Die Beamten gingen in den besagten Raum und betrachteten das Notebook, das der

Mann unter dem Bett gefunden hatte. „Der Akku scheint leer zu sein und ein Netzteil haben wir nicht gefunden." Sie versprühten noch Talkum auf dem Rechner und stellten Fingerabdrücke sicher. „Den könnt ihr in einer halben Stunde haben!" sagte er und machte sich weiter an die Arbeit. Im Bad stand nichts auf der Ablage, nur der Staub hatte sich überall breitgemacht, von persönlichen Sachen des Vermieters gab es keine Spuren. Nach einer Stunde waren die Männer fertig, übergaben das Notebook und versiegelten mit einer selbstklebenden Plombe die Eingangstür zur Wohnung. Es könnte sein, dass man noch einmal genauer hinein schauen müsste, was in diesem Fall äußerst fragwürdig war. Während sich die Männer die weißen Anzüge wieder auszogen, hatte der gerufene Einsatzleiter schon das Schreiben fertig: „Hier, Walter. Einsatz beendet, Notebook übergeben. Quittier bitte unten rechts!" Kröger verglich die Daten der aufgeführten Notizen und die Gerätenummer des Rechners und zeichnete das Schreiben ab. Dann übergab er die Quittung an den Kollegen. „Herr Helmers, wir sind fertig. Die Tür ist bis nächste Woche versiegelt. Auf Wiedersehen und vielen Dank für den Kaffee!" Als die Männer gemeinsam das Haus verließen, sagte der gerufene Kollege zu Kröger: „Unser große Huber wollte wissen, was das mit der Spurensicherung auf sich hatte. Er will, dass Sie ihn anrufen und ihm Bericht darüber erstatten, auch wie der Name des Wohnungsinhabers war. Schönen Abend noch und viel Erfolg mit dem Rechner." Kröger schaute auf den tragbaren Rechner, den die Kollegen sorgfältig in eine durchsichtige Folie gewickelt hatten. „Ruf Sascha an. Er muss uns noch einmal behilflich sein!" Dann gingen sie zurück zum Parkplatz neben dem Polizeigebäude. Als Feldmann den Wagen gewendet hatte und auf die Hauptstraße zurückfuhr, fragte Kröger: „Was meint ihr, sollen wir abklären, warum man die Vermisstenanzeige nicht bearbeitet hat?" Stehler war noch nicht so sehr vertraut mit den Machenschaften und hielt sich mit einer Meinung zurück. Er erinnerte seinen Chef lediglich daran, Amtsrat Huber von der Untersuchung zu berichten. „Ich muss erst noch mehr wissen, dann kann ich den Alten immer noch anrufen!" Dieser Huber war nicht sehr beliebt. Manchmal mischte er sich so intensiv in die Ermittlungen, dass Kröger schon einen dicken Hals bekam, wenn er nur den Namen hörte.

Kapitel 19 (Amtshilfe abgelehnt!)

„Wie das? Wieso kann Kommissar Bülow uns nicht helfen? Er war doch gestern noch bereit dazu und hat den Chip des Hundes ausgelesen." Feldmann war froh, dass Kröger gerade nicht im Büro war. Der Sekretär des Polizeipräsidenten hatte soeben erklärt, dass Kröger nicht so ohne weiteres eine andere Abteilung mit Aufgaben zu belästigen habe. Man verlangte außerdem, unverzüglich von seiner Abteilung, sämtliche Unterlagen der gestrigen Wohnungsdurchsuchung beim Präsidenten abzugeben. Der Fall wäre nun nicht mehr in ihrem Bereich. Sie sollten sämtliche Ermittlungsakten mit einreichen. Als Kröger wieder das Büro betrat und davon hörte, glaubte er an einen schlechten Scherz. Als er jedoch in die deprimierten Gesichter seiner Mitarbeiter sah, überlegte er kurz, drehte sich zum Fenster und schaltete das Radio ein. Das war sehr selten der Fall. Leise kam er zu seinen

Kollegen und während im Hintergrund alte Schlager zu hören waren, flüsterte er: „Wir haben einen Maulwurf, der unsere Ermittlungen gezielt stört." Er zog Feldmann näher zu sich: „Jürgen, du hast doch die Handy-Nummer von Sascha, oder?" Feldmann nickte und schrieb sofort eine SMS an den Kollegen. „Brauche deine Hilfe. Passt es bei dir nach Dienstschluss? Jürgen!" Ihr Chef offenbarte ihnen seinen gefassten Plan: „Es ist Eile geboten! Joachim, fotokopiere sämtliche Unterlagen. Wir werden denen nur das Nötigste davon überlassen." Feldmann legte sein Handy auf den Schreibtisch und zeigte zum Fenster: „Warum die Musik? Glaubst du, wir werden hier abgehört?" Kröger zuckte mit der Schulter: „Ich vermute das, ausschließen kann ich das nicht mehr!" Stehler nahm das vibrierende, mobilen Telefon seines Kollegen auf und gab es ihm: „Das ist von diesem Sascha, das ging aber schnell! Du hast seine Antwort." Alle sahen ihren Kollegen gespannt an, während er die Nachricht aufrief. Feldmann drehte sich um und zeigte sie den wartenden Kollegen auf dem Display seines Silberklötzchens: „Fünf Uhr, bei mir zu Hause, Sascha!"

Kapitel 20 (Illegale, notwendige Aktion)

Sie kamen sich vor, als würden sie Nestbeschmutzer sein. Diese Art der Ermittlung und solche Geheimnistuerei widersprach dem Oberkommissar gewaltig, aber was macht man nicht alles, um die Wahrheit zu finden! Alle drei fuhren gemeinsam zu dem Arbeitskollegen, der am Stadtrand von Bremen, nicht weit von der Dienststelle entfernt, wohnte. Sie stiegen aus und brauchten noch nicht einmal zu klingeln, denn als sie an der Haustür waren, ertönte schon das summende Geräusch der Türöffnung. Sie gingen schnell hinein und waren bald in der Wohnung. Sascha bat sie in den Arbeitsraum, der ähnlich eingerichtet war wie in der Dienststelle. Mehrere Rechner standen nebeneinander auf den zwei Schreibtischen. Ein Kabelgewirr hing dahinter herunter und Sascha kam gleich zur Sache: „Ich hab nichts gesagt!" fing er an. „Der Alte ist nervös, weiß der Geier warum!" Kröger legte das beschlagnahmte Notebook auf den Tisch. „Kannst du es einschalten? Ein Kollege meinte, die Akkus wären leer." Sascha nahm das Gerät und drehte es in den Händen. Er murmelte dabei unverständliche Sachen. Dann leuchteten seine Augen und er bückte sich, um in einem Pappkarton unter den Tischen zu kramen. Er legte Kabelverbindungen, USB-Sticks und eine schwarze Box dazu: „Es muss mein Kollege gewesen sein, dieser Radfahrer. Schleimt sich bei dem Alten ein, wo er nur kann. Was will der denn von euch? Macht der jetzt eure Arbeit?" Während er sich mit den Freunden unterhielt, knüpfte er hier und da Steckverbindungen, legte Kabel und bald darauf flackerte der Bildschirm des tragbaren Rechners auf. Es dauerte eine Weile, dann erklang die Öffnungsmelodie des Programms. „Geht es um die ausgelesenen Daten von dem Hund?" fragte er und tippte dabei wie wild auf der Tastatur. Kröger bejahte und legte ihm den Ausdruck der Chipdaten neben den Rechner. „Da ist nicht das Passwort für den Betrieb drauf, wir müssen erst das Programm starten!" Kröger schaute hilflos und sah schon alle Felle schwimmen. Sascha kaute an dem Ende eines Bleistiftes und beruhigte ihn: „Das Erstpasswort ist kein Problem! Es gibt Entschlüsselungs-Programme dafür. So das hätten wir!" Während Zahlenkolonnen über den Bildschirm liefen, drehte er sich zu den Kollegen um: „Kaffee, Tee? Es kann eine Weile dauern!" Sie unterhielten sich über das seltsame Verhalten ihres Chefs, als ein leises „Bing!" ertönte und Sascha aufstand und zurück an den Rechner ging: „Na also! Das hätten wir schon einmal." Er schaute auf den Bildschirm: „Das sind aber viele Daten, wer war das? Ein Zuhälter?" Kröger schaute ihm über die Schulter: „Wieso Zuhälter?" Sascha lächelte: „Nur so! Weil die Daten alle Frauennamen haben, deshalb!" Feldmann fragte spontan: „Eva! Ist da auch Eva bei?" Sascha nickte und versuchte vergebens das Programm zu öffnen: „Gesperrt, da haben wir den Salat! Da hilft uns kein Programm mehr; die Daten sind mit einem Passwort geschützt!" „Versuch den Code hier! Vom Chip!" Feldmann gab ihm den Ausdruck und Sascha machte seine Eingaben. Beim vierten Versuch startete ein neues Fenster: „Tatsächlich! Ich bin drin!" Sascha schien selber überrascht zu sein und schaute Kröger an: „Kein Zuhälter! Ein Chemiker, nicht wahr?" Er hatte die fehlende Formel gefunden. „Kannst du uns die Daten ohne Passwort sicher auf einen Stick ziehen?" Sascha lächelte siegessicher und steckte ein neues Speichermedium in den kleinen Schlitz. „Daten senden an Speicherplatz G!" Er drückte auf –Enter- und der kleine Stift flackerte rot auf. Nach kurzer Zeit erschien ein Schriftzug: „Übertragung beendet!" Sascha öffnete den neuen USB und kontrollierte sofort die erfolgte Datenübertragung - es hatte geklappt! Kröger bekam den Stick und hielt ihn fest in den Händen: „Endlich! Jetzt müssen wir nur noch einen Vertrauten finden, der uns die Zahlen erklären kann! Mach einen zweiten USB-Stick, sollte meiner hier verloren gehen." Der Programmierer machte sich sofort an die Arbeit und gab diesen dann an Feldmann weiter. „Sascha, wie kannst du den Rechner manipulieren, dass da keine Daten mehr auszulesen sind, geht das?" Er lächelte wieder, so, als würde man einen Obstverkäufer nach Äpfeln fragen. „Endgültig?" Er sah Kröger an: „Endgültig! Wir haben die wichtige Datei ja ausgelesen!" Sascha schaute ihn an: „Ich dupliziere besser die Festplatte, dann formatier ich die gesamte Datei neu. Wenn dann mein Programm die Festplatte zwei Mal mit x-beliebigen Buchstaben überschrieben hat, so wird kein Experte mehr etwas da rausholen können! Die neue Festplatte behalte ich zur Sicherheit hier. Ihr könnt sie dann bei Bedarf jederzeit dazu verwenden, den gesamten, alten Inhalt des Notebooks wieder aufleben zu lassen." Kröger nickte, er hatte nichts davon verstanden, aber es wird schon richtig sein, was Sascha da machte, denn er war, wie schon gesagt ein wahrer Künstler auf seinem Fachgebiet. Zurück im Büro legte Kröger den wichtigen USB-Stick in die unterste Schublade seines Schreibtischs. Zwischen den Kugelschreibern, Batterien, Bleistiften und Feuerzeugen würde der am wenigsten auffallen. Und wer würde schon danach bei ihm suchen?

Kapitel 21 (Steffenson`s Vorahnung)

In der gleichen Nacht schlief Andreas wieder einmal sehr unruhig. Er hatte Angst um seine neu gewonnenen Freunde von der Kriminalpolizei. Er spürte, dass sie auf etwas sehr Heikles gestoßen sein mussten, denn im Traum rannte sein kleiner, weißer Helfer fauchend durch das leere Polizeigebäude und kratzte immer wieder an der untersten Schublade von Krögers Schreibtisch. Wie gewohnt notierte er im Halbschlaf seinen Traum und versuchte, die Nacht einigermaßen ruhig zu überstehen. Er war in nicht erklärbarer Unruhe und rief noch vor dem Frühstück im Amt an. Elke, die Sekretärin war am Telefon, als Andreas unverblümt nach dem Inhalt dieser Schublade fragte. Sie wusste das auch nicht und wollte ihrem Chef mitteilen, dass er Steffenson sobald als möglich zurückrufen sollte. Andreas saß beim Frühstück und hatte gerade sein Ei geköpft und die kleine, abgeschlagene Kappe ausgelöffelt, als Adele mit dem tragbaren Hörer des Telefon hereinkam: „Herr Andreas, Kröger ist dran: Von der Kripo!" Er nahm den Hörer und wartete, bis sie den Raum verlassen hatte. „Morgen, Walter. Alles klar bei euch im Amt?" Sofort antwortete der Oberkommissar: „Deshalb hast du mit Sicherheit nicht heute Morgen so aufgeregt bei uns angerufen! Was meinte Elke mit meiner Schublade, was ist damit?" Steffenson kam sofort auf den Punkt: „Ich habe geträumt, du weißt schon! Und dabei geht es um die unterste Schublade von deinem Schreibtisch. Ihr seid in Gefahr. Deine ganze Abteilung. Habt ihr etwas Gravierendes entdeckt? Mir ist so!" Kröger erklärte kurz, dass es zu gefährlich wäre, Einzelheiten am Telefon zu erklären. Er versprach, sehr vorsichtig zu sein und am Nachmittag bei ihm vorbeizukommen. Erleichtert drückte Steffenson die „Aus-Taste" und legte den Hörer neben sich. Er hatte seine Pflicht getan und Kröger mit seiner Mannschaft noch schnell gewarnt. Mehr als abwarten konnte er jetzt nicht mehr tun.

Kapitel 22 (Erkenntnisreicher Außeneinsatz)

Feldmann ließ sich mit Dr. Maurer von den Chemischen Werken verbinden. Der konnte noch nichts davon wissen, dass sein Chef von einer Anzeige abgesehen hatte. Er wollte den feinen Herrn daran erinnern, dass er noch etwas gut zu machen hätte, denn die Firma wollte doch sicherlich einer fetten Anzeige entgehen, oder. Er bekam auch erwartungsgemäß eine freundliche Einladung von dessen Chef, der ihn sofort danach zurückrief. Diesmal nannte er sofort seinen Namen, den er beim ersten Telefonat nicht erwähnt hatte: Dr. h.c. Manfred Liebenau. Am Mittag des gleichen Tages teilten sie sich auf. Während Kollege Feldmann mit seinen gespeicherten Daten in die Chemiefabrik fuhr, kam Kröger gerade mit den aussortierten Unterlagen und dem manipulierten Notebook im Präsidium an. Er hatte akribisch alle Sachen aufgeführt und würde sich den Erhalt quittieren lassen, damit man ihm später keinen Vorwurf machen könnte. Joachim Stehler blieb mit Elke im Büro. Kröger nahm den Karton unter den Arm und ging zügig vom Parkplatz in das Hochhaus, dessen Glasfassade das Sonnenlicht grell wiederspiegelte. Er zeigte seinen Ausweis, denn er war gewohnt, sofort zum Aufzug zu gehen. Er kannte das Stockwerk vom Amtsrat Huber. „Moment, hallo, Sie!" rief ihm der Pförtner nach, als er schon fast vor den Aufzügen stand. „Ich kenn den Weg, danke." Entgegnete er und wollte sich wieder dem Lift zuwenden, als zwei Sicherheitsbeamte neben ihm standen: „Bitte, Herr Oberkommissar, Sie wollen doch nur etwas abgeben. Wir nehmen das Paket schon entgegen, Sie haben doch

Wichtigeres zu tun, als Lauf Bote zu spielen." Überrascht schaute Kröger die Männer an. Sie schienen sehr entschlossen darauf bedacht zu sein, dass er nicht den Lift betrat. „Gut", meinte er: „dann quittieren Sie bitte hier den Erhalt!" Die uniformierten Männer grinsten. „Aber Herr Kröger, seit wann sind Sie denn so misstrauisch? Wollen Sie den Amtsrat belehren?" Sie warteten die Antwort nicht ab und einer erbarmte sich: „Na, geben Sie schon her!" damit nahm er ihm den Karton ab und grinste ihn unverschämt an. „Wir bringen die Sachen sofort zum Chef, keine Sorge! Auf Wiedersehn, K r ö g e r!" Er hatte seinen Namen extra langsam und deutlich ausgesprochen. Der erfahrene Beamte hatte verstanden. Es war besser, jetzt nichts mehr dazu zu sagen, denn der Pförtner hatte schon den Hörer in der Hand, bereit sofort Verstärkung zu rufen. Vorerst musste er klein beigeben, aber es regte sich ein vorher nicht gekannter Widerstand in ihm. Er drehte sich zur Eingangstür, als einer noch hinter ihm herrief: „Amtsrat Huber hat hier also ausnahmslos alle Ermittlungsakten?" Als Kröger nicht antwortete fügte er unmissverständlich hinzu: „Das hoffen wir für Sie!" Der Oberkommissar ging zum Wagen, er musste diese Behandlung verdauen. Wütend zerknüllte er das wertlose Quittungsschreiben, öffnete die Fahrertür und warf es wütend neben sich. Er startete den Motor und fuhr zurück in sein Büro. „Was veranlasste den obersten Chef, die Ermittlungen auf Eis zu legen? Sie mussten unbewusst seine Kreise gestört, und sich in eine höhere Angelegenheit eingemischt haben. Nun wurden sie barsch zurückgepfiffen. Huber dürfte nie erfahren, dass seine Abteilung nicht im Traum daran dachte, den Fall einfach ruhen zu lassen.

Jürgen Feldmann hatte mehr Glück. Überfreundlich wurde er empfangen und sofort ins Büro des Direktors begleitet: „Entschuldigen Sie, aber wir hätten uns noch persönlich bei Ihnen erkenntlich gezeigt. Wir kommen selbstverständlich für den entstandenen Schaden und Ihre Unannehmlichkeiten auf. Darf Ihnen mein Sekretär etwas anbieten?" „Cappuccino, mit etwas Zucker, wenn es geht!" „Aber, das machen wir doch gerne! Können wir sonst noch irgendwie behilflich sein?" Feldmann nahm den USB-Stick: „Sie können!" sagte er und legte das kleine Speichermedium auf den Schreibtisch. „Mein Amt muss wissen, was das für Daten sind!" Dr. Maurer hatte gerade die Tasse mit dem schaumigen Heißgetränk auf den kleinen Tisch gestellt und seine Hand lag schon auf dem Stick, als Feldmann blitzschnell sein Handgelenk festhielt: „In meinem Beisein, versteht sich." Sagte er freundlich, aber sehr bestimmend. Maurer ließ das Speichermedium wieder los und rieb übertrieben sein Handgelenk, denn so hart hatte er nicht zugefasst. „Was ist, Maurer, holen Sie das Notebook hierher! Wir können uns die Daten ja mal anschauen, nun gehen Sie schon!" Der Sekretär warf dem Kriminalbeamten einen zornigen Blick zu, musste jedoch den Anordnungen seines Chefs folgen: „Wo haben Sie das her? Dürfen Sie das sagen, oder ist das streng geheim?" Feldmann wich der Frage geschickt aus, denn er wollte sich hier nicht noch mehr Feinde machen. Dr. Maurer kam zurück und tippte schon im Gehen auf der Tastatur des tragbaren Rechners, den er mit der linken Hand aufgeklappt vor der Brust trug. Als der Bildschirm aufleuchtete war das Gerät bereit und Maurer stellte es so auf den Schreibtisch, dass alle drei bequem hineinsehen konnten. „Der Steckplatz ist auf der linken Seite, hier." Maurer deutete auf die kleine, viereckige Öffnung. Er hatte sich geschworen, den Stick nicht noch einmal anzufassen. Feldmann steckte den USB an den gezeigten Platz und das Gerät quittierte mit dem Hinweis: Initialisieren von Gerätesoftware. Kurz darauf kam der zweite Hinweis: Das Gerät kann jetzt verwendet werden. Mittig auf dem Bildschirm erschien ein viereckiges Kästchen mit den Eingabemöglichkeiten. Die Überschrift: USB Disk (G:) Feldmann führte den kleinen Pfeil auf das Feld: Ordner öffnen, um Daten aufzurufen. Bevor er mit der Taste ENTER auslöste, sah er die Chemiker erwartend an: „Bereit, meine Herren?" Sie schauten gespannt in das Gerät, nickten und der Beamte öffnete die Datei. Eine schier endlos erscheinende Anordnung von Buchstaben und Zahlen erschien. Die Experten waren sich sehr schnell sicher und Maurer erklärte dem Kriminalbeamten: „Das sind sehr vertrauliche Daten von einem Projekt, das Kollege Hein erstellt hat, wo haben Sie das her?" Feldmann erklärte nur so viel: „Wir ermitteln in mehreren Mordfällen. Diese Daten scheinen der Schlüssel dazu zu sein!" Liebenau lehnte sich zurück: „Das ist Werksspionage! Diese Datei in kundigen Fremden Händen zu wissen, ich mag mir das nicht ausmalen!" Feldmann hakte nach: „So gefährlich?" Der höchste Chef der Chemischen Werke nickte: „Sogar absolut tödlich! Ich war gegen das Projekt, aber unser Verteidigungsministerium war sehr daran interessiert, für die Bundeswehr ein neuartiges Nervengas zu entwickeln. Die Produktion war schon angelaufen, als Dr. Hein ermordet aufgefunden wurde. Die Dateien müssen von seinem Rechner gestohlen worden sein." Feldmann wurde die Sache hier nun zu heiß. Er brauchte eine

Entscheidung. „Darf ich mal telefonieren?" Die beiden Chemiker nickten und beugten sich erneut über den Bildschirm. „Ich kann Sie beruhigen, man sucht noch vergeblich nach dieser Formel, aber wir waren schneller und haben diesen USB-Stick sichergestellt, bevor er in falsche Hände gelangen konnte." Dr. H.c. Liebenau war zwar etwas erleichtert, blieb aber trotzdem skeptisch: „Sind Sie sich auch ganz sicher?" Feldhaus nickte:" Ganz sicher!" Dann rief er Kröger im Büro an, der sich sofort auf den Weg machte, um persönlich mit der Werksleitung der Chemischen Werke zu sprechen.

Kapitel 23 (Der Fall ist erledigt!)

„Sie haben also hinter meinem Rücken und im vollen Bewusstsein der Konsequenzen weiter recherchiert? Sind Sie wahnsinnig? Der Fall ist für Sie erledigt! Kapieren Sie das nicht? Liebenau, von den Chemischen Werken hat mich angerufen und sich für die Rückgabe der Daten herzlich bedankt. Ich wusste von nichts! Wie stehe ich denn jetzt da? Als Ihr Vorgesetzter hätten Sie mich über jeden Ihrer Schritte informieren müssen! Das Auswärtige Amt hat die Ermittlungen übernommen, Sie sind raus!" Er hatte seinen Redeschwall kurz unterbrochen, denn sein hochroter Kopf drohte zu platzen. Zitternd griff er nach einem Glas und verschüttete das Wasser aus der Karaffe halb auf seinem Schreibtisch. So erregt hatte Kröger den Amtsrat noch nie zuvor erlebt. Sie hatten Mordfälle aufzuklären, hatte das sein Chef völlig aus den Augen verloren? Huber griff in seine Jackentasche und holte ein kleines Blechdöschen heraus, öffnete es und entnahm zwei weiße Pillen. Mit der flachen Hand warf er sie gezielt in den Mund und spülte sie mit einem kräftigen Schluck Wasser herunter. Erklären sagte er dazu: „Mein Herz! Ich kann solche Aufregungen nicht einfach ignorieren!" Kröger war sich absolut keiner Schuld bewusst und wehrte sich: „Mit Verlaub, Chef. Mein Amtseid ist mir wichtiger, als das Einmischen von einer höheren Behörde. Wir können zusammenarbeiten, meinetwegen, Erkenntnisse austauschen. Aber warum in Gottes Namen regen Sie sich so darüber auf, dass eine Ihrer Abteilungen zu Gesetz und Ordnung steht und mit bestem Wissen und Gewissen versucht, ungeklärte Morde aufzudecken? Zumal wir kurz vor der Lösung stehen. Die meisten Ereignisse sind geklärt. Uns fehlt nur noch das allerletzte Glied. Der Unbekannte, der im Hintergrund die Strippen zieht." Kröger sah in die weit aufgerissenen Augen des Beamten: „Er kapiert es nicht", sagte er und wiederholte sich noch einmal: „er versteht mich nicht!" Er ging um den Schreibtisch herum, zog seine Krawatte herunter und wurde nun sehr leise und ironisch: „Wenn Sie noch ein einziges Mal in einem der besagten Fälle herumstochern, Zeugen befragen oder Tathergänge und Abläufe rekonstruieren, so werden Sie und Ihre Abteilung vom Dienst suspendiert! Haben Sie mich jetzt endlich verstanden?" Er ließ er sich in den ledernen, wuchtigen Ohrensessel fallen, der an Stelle eines Drehstuhls hinter seinem Schreibtisch stand, sortierte fahrig ein paar Schreiben, die auf seinem Tisch lagen und schaute nun völlig verändert und freundlich auf: „So, wo wir das nun geklärt haben, bitte ich Sie, diesem ..." er suchte in seinen Unterlagen, wurde aber nicht fündig: „na Sie wissen schon, diesem Hellseher, der Ihnen angeblich so sehr bei Ihren Ermittlungen geholfen hat, eine

Einladung von mir zu überbringen, mündlich natürlich. Offiziell existiert der Mann überhaupt nicht für unsere Abteilung". Er deutete nun endlich auf den unbequemen Holzstuhl, der vor dem Tisch stand und Kröger folgte dieser Aufforderung und setzte sich. Er wollte wissen, wie weit Amtsrat Huber diese Posse noch treiben würde, denn diese Art, einen laufenden, aktuellen Fall zu ignorieren, war ihm in seiner ganzen Laufbahn in diesem Maße noch nie vorgekommen. Nun erfuhr er von ihm auch, warum er ganz alleine und höchst vertraulich hierher bestellt worden war: „Das Gespräch hat nie stattgefunden, ich zähle auf Ihre Verschwiegenheit! Also nächsten Dienstag, Vormittag so gegen 10.00h sagen wir, werden Sie mit den Kollegen Ihrer Abteilung und diesem, na ja, Sie wissen schon hier in meinem Büro erwartet. Es ist dienstlich! Ich werde eine Feierstunde im Sitzungssaal vorbereiten. Sie und Ihre Leute werden es nicht bereuen. Soviel kann ich schon einmal vorweg sagen, Ihr Kollege Feldmann wird verdientermaßen Oberkommissar, Stehler fest als Kommissar in Ihr Team integriert und Sie hat man für das Amt des Hauptkommissars vorgesehen. Na? Zufrieden?" Kröger stand auf, nickte und verließ wortlos das Büro. So hatte er sich immer ein Wegloben, ein Abbremsen vorgestellt. Um seinen Job nicht zu verlieren, musste er nun Ruhe geben. So würde man den Hauptverdächtigen und Drahtzieher, der hinter den ganzen Sachen stand, wohl nie finden.

Kapitel 24 (Villa Steffenson)

Am Wochenende saßen die Beamten der Kripo zusammen im Wohnzimmer des Autors in Dibbersen. Kröger wollte seinem liebgewordenen Freund und Helfer, Andreas Steffenson im kleinen Kreis möglichst schonend beibringen, dass seine Arbeit nicht mehr erforderlich war. Sie hatten nun schon die zweite Kanne Tee vor sich, Lotte schlief in ihrem Körbchen und Steffenson knabberte genüsslich abwartend an einem Zwieback. Es herrschte eine drückende Stimmung von Seiten der Kriminalbeamten, die der Hausherr nun doch endlich durchbrach: „Bleiben wir danach denn weiter in Kontakt? Als Freunde, mein ich?" Feldmann sah seinen Chef an, der erleichtert die Tasse absetzte. „Du hast es geahnt?" fragte er vorsichtig, „oder war es das kleine, weiße Etwas?" Steffenson lächelte verständnisvoll: „Von beidem etwas. Ich werde selbstverständlich kommen, wenn ein so hohes Tier eine Einladung ausspricht und dann auch noch deine ganze Abteilung befördert wird, so muss ich das natürlich miterleben!" Kröger schaute Andreas an: „Auch das weißt du schon? Ach ja, weiße Katze, verstehe schon!" Die gespannte Atmosphäre legte sich und der angenehmere Teil des Abends begann, der erst in den frühen Morgenstunden sein Ende nahm. Steffenson stand in der Haustür, als die Männer bei Stehler im Auto saßen. Er hatte sich bereit erklärt, die anderen beiden, die dem süffigen Portwein erlegen waren, nach Hause zu fahren. Kröger drehte sich im Sitz noch einmal um und winkte zum Abschied dem Mann noch einmal zu, der sich als Helfer und wahrer Freund in dem verzwickten Fall gezeigt hatte. Das meiste schien geklärt aber der Hauptdrahtzieher blieb im Dunkeln. „Ich werde ihn vermissen. Ich habe seine Arbeit sehr geschätzt." Feldmann stimmte ihm zu: „Was sollen wir machen? Wir sind Beamte und müssen die Anweisungen unseres Chefs befolgen. Vielleicht ist das aber auch nur der Portwein, der dich so sentimental werden lässt." Kröger dementierte energisch. „Ich fürchte eher, dass er mich angesteckt hat, mit seinen Träumen und so. Mir war fast so, als würden wir ihn verlieren. Als Freund, meine ich!" Die Männer wurden nachdenklich und schwiegen. Jeder hatte seine eigenen Erfahrungen mit den letzten Fällen gemacht und so gingen sie noch einmal in Gedanken alles durch. Die bunten Lichter der Reklamen huschten an der Scheibe vorbei, sie hatten die Altstadt erreicht und Feldmann kurvte geschickt durch die engen Gassen. „So, Jürgen du wohnst hier, schon vergessen?" Er drehte sich um und sah, dass Feldmann sich mit einem Kissen gegen die Seitenscheibe angelehnt, im Traumland befand. „Oh, nicht das auch noch!" Er stieg aus, öffnete die hintere Tür vorsichtig und drückte seinen Kollegen zurück auf den Sitz. „Jürgen. Wach auf, ich muss unseren Walter noch nach Steintor fahren. Ich will auch langsam ins Bett." Feldmann schlug die Augen auf: „Wieso, was? Ach so, ja. Ich hab nicht geschlafen!" Er drehte sich zur Seite und versuchte vergebens, den Sicherheitsgurt zu lösen. Während Joachim sich über ihn beugte und den roten Knopf drückte, der den Gurt freigab, sagte er: „Nein, natürlich hast du nicht geschlafen." Er ließ ihn aussteigen und stieg wieder auf den Fahrersitz. Während Jürgen mit dem Haustürschlüssel auf das viel zu kleine Loch zielte, überlegte Joachim noch, ob er ihn besser nach oben bis in seine Wohnung begleiten sollte. Da endlich hatte er die Tür geöffnet und mit einem flüchtigen, letzten Winken zurück, war er im Hausflur verschwunden. Das Flurlicht ging an und Stehler fuhr los. Zunächst am Osterdeich entlang am Verwaltungsgericht und den zwei Kirchen vorbei, um dann linksabzubiegen. Den Sielwall hoch und dann rechts in die Friesenstrasse. Walter hatte die ganze Zeit mit gesenktem Kopf ruhig dagesessen und kein einziges Wort mehr gesagt. Langsam stoppte er den Wagen erneut: „So Chef, das macht € 8.50. Soll ich den Taxameter noch laufen lassen?" Kröger rührte sich nicht. Er hatte weder den Witz gehört, noch mitbekommen, dass auch er nun auch schon zuhause war. „Na, das kennen wir ja schon!" sagte Stehler zu sich selbst. Er umrundete sein Fahrzeug und half seinem Chef auf die gleiche Weise, wie eben dem Kollegen. Kröger nickte nur, als er vom Gurt befreit, auf sein Haus zuging. Er traf das Schlüsselloch wesentlich schnell und war dann genauso schnell auch hinter der zufallenden Haustür verschwunden. Nun fuhr Joachim die Straße bis zum Ende, bog links ab, fuhr am Zentralkrankenhaus vorbei, unter der Bahn her und war eine viertel Stunde später bei sich in der Hartwigstraße. Unmittelbar neben dem Bürgerpark wohnte er hier noch in einem kleinen, schmucken Häuschen bei seinen Eltern. Er parkte den Wagen ab, ging vorsichtig die knarrende Treppe hoch, um seine Eltern nicht zu wecken und war froh, endlich auch sein Bett zu sehen. Schnell schlief er ein und wachte erholt und ausgeruht am Morgen auf. „Bin ich froh, dass ich gestern nichts getrunken habe", sagte er sich und dachte dabei an seine Kollegen, die heute Morgen mit Sicherheit von den besagten, männlichen Katzen gepeinigt wurden.

Kapitel 25 (Der Dank für die Arbeit)

Mit einem großen Präsentkorb wurde Steffenson vom Polizeipräsidenten persönlich empfangen und für die beratende Tätigkeit der letzten Monate im Kreis der Mitarbeiter ausdrücklich gelobt. Dann, später im kleinen Kreis wurde Andreas geschickt von dem Sekretär nach seinen weiteren Plänen befragt. Amtsrat Huber, der oberste Präsident, schien sehr an ihm und seinen weiteren, beruflichen Plänen interessiert zu sein. Andy antwortete wahrheitsgemäß: „Ich werde jetzt zuerst meine, schon lange verschobene Seereise antreten, dann endlich das Buch zu Ende schreiben, danach werden wir weitersehen." Huber war mit der Antwort zufrieden und stellte sich wieder zu seinen, eng vertrauten Mitarbeitern. Kröger bemerkte, dass sie ihrem Chef leise etwas zuflüsterten, danach ging Huber, erleichtert grinsend in sein Büro. Die offiziell angesetzte Besprechung neigte sich dem Ende und Steffenson übergab den Korb an Joachim: „Den könnt ihr unter euch aufteilen. Ich habe das für meinen Freund getan und dabei viel Stoff sammeln können, über eure Abteilung und die Arbeitsweise der Kripo." Er verabschiedete sich und hielt Kröger lange an der Hand fest, so als wollte er ihm noch etwas sagen, dann war er doch wortlos und mit schnellen Schritten zum Parkplatz gegangen. Den letzten Traum, den er in der vergangenen Nacht gehabt hatte, wollte er doch besser für sich behalten. Die Beamten in dem kleinen Sitzungssaal nahmen noch ein paar Kekse vom Tablett und unterhielten sich zwanglos, als Minuten später das Präsidium von der gewaltigen Druckwelle einer Explosion erschüttert wurde. Es sollte sich schnell herausstellen, dass ein Zeitzünder den Wagen des Autors auf dem ansonsten leeren Parkplatz völlig zerfetzt hatte. Es blieben nur kleinste Metallsplitter, verstreut auf dem gesamten Areal von dem Sportwagen übrig. Die Beamten riefen umgehend die Kollegen der Bereitschaft, die sofort ihre Ermittlungen aufnahmen. Oberkommissar Kröger und seine Mitarbeiter waren erschüttert. Sie wollten aufspringen und den Kollegen unterstützend zur Seite stehen. Außerdem mussten sie sich vergewissern, was mit ihrem Freund passiert war. „Einen Augenblick noch, meine Herren", meinte der Präsident und ungeduldig warteten die Beamten, die auf ein Untersuchungsergebnis hofften. Dann, nach einer guten Viertelstunde betraten vier Männer in auffälligen, dunklen Anzügen den Raum, sie trugen dunkle Brillen, die sie auch hier im Raum nicht abnahmen. Die Tür wurde hinter ihnen sofort verschlossen. Einer dieser fremden Männer blieb vor der Sitzgruppe stehen, während die anderen demonstrativ nebeneinander, ohne eine Regung zu zeigen, wie Soldaten abwarteten. Kröger hatte den Anschein, als würde es sich hier um Personenschützer einer Spezialeinheit handeln. Der Direktor ging auf einen der Männer zu und gab ihm die Hand: „Ich gratuliere Ihrer Abteilung ausdrücklich! Sie haben perfekte Arbeit geleistet. Wo kämen wir denn sonst hin, wenn das überhandnimmt, oder wenn die Bevölkerung davon erfahren würde, dass wir mit der Hilfe von Spinnern, die sich etwas erträumen, unsere Fälle lösen würden! Ich war schon immer dagegen, solche Scharlatane, angeblich medial veranlagten Typen, so intensiv in unsere Arbeit mit einzubeziehen." Die Kriminalbeamten schauten sich entsetzt an. „Das ist jetzt nicht wahr, oder?" Kröger konnte seine Anspannung nicht unterdrücken und bevor er noch weiter etwas dazu sagen konnte, wandte sich Huber an ihn: „Etwas Erfreulicheres, meine Herren! Ich habe vom Minister den Auftrag bekommen", sagte er, ohne auf die Empörung seines Oberkommissars einzugehen: „Auch Sie und Ihre Männer, wie schon angekündigt, auszuzeichnen. Sie haben hervorragende Arbeit geleistet und wir sind sicher, dass Sie sich dieser Sache bewusst sind. Sie alle sind Beamte, die ihren Schwur geleistet haben. Also bitte ich darum, keine falschen Schlüsse zu ziehen. Wir haben im Sinne der Staatssicherheit gehandelt. Ein zweitklassiger Schreiber hat sich zur falschen Zeit am falschen Ort aufgehalten! Lebensrisiko! Wer weiß, was der noch so alles in die Welt gesetzt hatte und damit wird er wohl irgendwelchen Mächten böse auf die Füße getreten haben. Meine Herren, die Besprechung ist beendet. Ich danke ihnen. Ihre Beförderungen werden mit der Hauspost zugestellt!" Stehler ahnte, dass auch seine Kollegen nicht mit dem Ende dieses Falles einverstanden waren und wollte sich dazu kritisch und wütend äußern. Er wurde von Kröger mit Gewalt daran gehindert und schnell aus dem Büro geführt. Noch im Aufzug hielt Feldmann ihm den Mund zu. Kröger wusste nur zu gut, dass sie ihren Freund in diesem Fall hatten ins offene Messer laufen lassen. Erst als sie wieder im Revier angekommen waren, wagte Joachim erneut dazu etwas zu sagen: „Wenn das so passiert ist, wie ich mir das jetzt vorstelle, so werde ich noch heute meinen Dienst quittieren! Das war Mord! Kaltblütiger, grausamer Mord!" Kröger saß resigniert und wie ein Häufchen Elend in sich gesunken im Ledersessel: „Versteht ihr das? Staatssicherheit, der spinnt doch! Wir haben Steffenson in diese Sache mit hineingezogen. Er hatte uns die Erkenntnisse geliefert, die wir benötigten. Er war nur über die Fälle informiert, die den grausamen Tod seines Freundes und dessen Lebensgefährtin betraf. Er hatte sich nichts Falsches zu Schulden kommen lassen. Ich verstehe diese übertriebene Angst nicht. Mir kommt das eher so vor, als sollte ein Schlussstrich gezogen werden, denn die Tatsache, dass die endgültigen Ermittlungen im Sande verlaufen sind und damit der eigentliche Drahtzieher nicht gefasst werden konnte, war nun weiß Gott nicht das Verschulden von Andreas. Er ist zum Sündenbock gemacht worden. Vielleicht haben die hohen Herren mehr zu verlieren, als wir uns das vorstellen können. Andreas hat mit Sicherheit an der befleckten Weste irgendeines hohen Tieres gekratzt!" Stehler schaute seinen Chef an: „In Wahrheit war ich es. Ich habe euch erst auf die Idee gebracht, Steffenson aufzusuchen und mit ihm zu sprechen!" Kröger schüttelte mit dem Kopf: „Schuldzuweisungen sind jetzt fehl am Platz. Das war ein abgekartetes Spiel. Wir sind Schachfiguren, die von höherer Stelle bewegt wurden und nun haben wir endgültig verloren!" Das schrille Klingeln des Telefon schreckte die Männer auf und der Leiter ging routiniert seiner Arbeit nach: „Dezernat 1, Oberkommissar Kröger." Aufmerksam schauten die Kollegen ihren Chef an, der sich langsam wieder zurücksetzte und tief durchatmete. Er sagte kein einziges Wort und hörte einfach nur der Stimme zu. Die Kollegen wurden ungeduldig, denn so hatten sie ihn noch nie zuvor erlebt. Irgendwann legte er den Hörer so behutsam auf, als wäre er einem Geist begegnet. „Was ist? Noch eine Hiobsbotschaft?" Sie gingen beide näher zum

Schreibtisch und sahen in das aschfahle Gesicht ihres Chefs. „Das war Steffenson!" sagte er leise und schaute die anderen an, die ein erleichtertes Schmunzeln nicht verbergen konnten. Kröger fuhr fort: „Er wusste schon sehr lange, dass der Amtsrat ein falsches Spiel mit ihm und uns getrieben hat. Beweise mussten her! Stichhaltige Beweise! Da er nicht wusste, wen er hier im Amt noch davon eingeweiht hatte, machte er das gefährliche Spiel mit, um ihn in Sicherheit zu wiegen und ihn zu einem Fehler zu bewegen!" Diesen Fehler hatte er nun begangen, denn der Autor galt offiziell als tot. Zerrissen durch ein Attentat auf ihn. Eine weiße Katze hatte Andreas im Traum eindringlich davon abgehalten, auf dem Parkplatz in sein Auto zu steigen. Deshalb hatte er auch den Korb nicht mitgenommen. Gedankenverloren schaute Kröger seine Kollegen wieder an und ergänzte: „Jetzt, so hat er mir geraten, sei es an uns, ihn zu überführen. Er wird sich persönlich nicht mehr bei uns melden, sonst würden wir auch in Lebensgefahr sein. Wenn ihr mich fragt, so kann ich nur sagen, dass er ein Teufelskerl ist er, dieser Steffenson!"
Eine Woche später meldete sich noch einmal die Haushälterin Adele bei den Kriminalbeamten und übergab Kröger einen dicken Umschlag. „Andreas ist gegangen", sagte sie zweideutig und ein verschmitztes Lächeln huschte über ihr Gesicht. „Ich habe Wohnrecht in der Villa. Das gesamte Anwesen gehört jetzt einer Stiftung mit Sitz auf den Cayman Islands. „White Cat Limited" oder so ähnlich ist der Name. Steffenson hat sein Grab auf dem örtlichen Friedhof. Ich habe das veranlasst, obwohl man nichts mehr von ihm gefunden hatte. Wie kommt man nur auf eine so abscheuliche Idee,

seinen Wagen in die Luft zu jagen? Ich vermisse ihn. Guten Tag meine Herren und, ... " sie deutete auf den Umschlag: „ . . . die Unterlagen! Wir . . Entschuldigung!" Sie schmunzelte und fuhr fort: „Ich meine natürlich, **ich** verspreche Ihnen, dass es Morgen hier heiß hergeht. Zwei gleiche Schreiben sind bei der Staatsanwaltschaft und beim Schwurgericht. Sie sind ohne Absender, wie Sie sich denken können, aber die Beweise sind erdrückend. Ihr Amtsrat wird sich verantworten müssen, er und seine Abteilung. Haben Sie sich denn nie gefragt, warum Ihre Einsätze erfolglos blieben? Warum die „M.S.Golem" trotz dringendem Tatverdachtes auslaufen durfte? Im Umschlag sind alle Beweise." Adele wurde zur Tür begleitet und Stehler bekam noch einen aufmunternden Blick zugeworfen: „Joachim, Sie werden ein sehr guter Kriminalbeamter. Sie haben die richtigen Kollegen, so hat man mir aus einer gutinformierten Quelle gesagt." Mit einem sympathischen Lächeln auf den Lippen ging sie zum Fahrstuhl. Die Männer eilten zum Fenster und sahen die betagte Dame, die vom Chauffeur höfflich zu einer schwarzen Limousine begleitet wurde. Sie schien die Blicke der Männer zu spüren, denn ohne sich noch einmal umzuschauen, winkte sie mit ihrem weißen Taschentuch aus dem Seitenfenster, als der Wagen langsam vom Parkplatz auf die Straße fuhr.

Nachsatz zur weißen Katze.

Aus der Erinnerung meiner jüngsten Kindheit bin ich das erste Mal kurz vor dem Tod meiner Oma Anna mit ihren seherischen Fähigkeiten konfrontiert worden. Ich war damals zu klein, um die Tragweite verstehen zu können. Man erzählte sich mehrere Anekdoten, die sie in ihrem Leben vorhergesagt hatte und die danach auch tatsächlich genauso eintraten. Da ihr Sohn, mein Vater, mich dann während meiner Bundeswehrzeit ebenfalls mit einer Vorahnung warnte, (die damals mein Leben rettete), begannen meine anfänglichen Zweifel zu schwinden. Heute weiß ich, dass es mehr zwischen Himmel und Erde gibt, als wir glauben zu wissen. Die Menschheit hat größtenteils verlernt auf ihre innere Eingebung, auf eine Warnung zu achten, sie zu erkennen und dann auch zu befolgen. Ich bin fest davon überzeugt, dass mein Unterbewusstsein positiv von den Erfahrungen meiner Vorfahren beeinflusst wird und mich vor größeren Gefahren zu schützen versucht. Ob ich alle Warnungen verstehen kann, steht auf einem anderen Blatt. Bei den Urvölkern ist das ganz selbstverständlich. Wir lachen manchmal darüber, aber nur, solange es uns nicht betrifft. Wer einmal mit einer solchen Begebenheit zu tun hatte, zweifelt nicht mehr und versucht, ähnliche Hinweise zu prüfen und danach zu handeln. Manche nennen es „die Schutzengel", andere „die Vorfahren", aber in jedem Volk gibt es Geister, die einen begleiten und vor Unheil zu schützen suchen. Wir müssen nur lernen, die Zeichen wieder zu verstehen.
„Snil mi sie maly bialy kot!" (Ich habe geträumt von einer kleinen, weißen Katze!) Dieser Satz begleitet mich

schon mein ganzes Leben. Er war von meiner Oma. Sie kam mit ihrer kleinen Tochter im 1. Weltkrieg von der polnischen Grenze ins Ruhrgebiet, um meinen Opa zu heiraten. Sie sprach nur Polnisch, konnte aber Deutsch verstehen. Als sie starb, war ich 6 Jahre. Kurz vor ihrem Tod hatte sie gehofft, mich noch einmal sehen zu können. Mein Vater nahm mich mit an ihr Sterbebett. Als wir eintraten, war sie gerade verschieden. Die Verwandten waren überrascht, dass ich mitgekommen war, denn mein Vater konnte nichts von ihrem letzten Wunsch gewusst haben. Ich habe mir alle fremdklingenden Wörter von ihr, die in meiner Erinnerung schlummerten, übersetzen lassen. Es waren Kinderreime, alltägliche Begriffe und eben dieser geheimnisumwitterte Satz mit der Katze dabei. Meine polnische Kollegin wusste sofort, was sich dahinter verbarg. Der Traum von der weißen Katze! Wenn das früher in ihrer Umgebung gesagt wurde, so schwiegen sofort alle, denn sie kannten diese Art der Vorahnung. Ich bin ein realistischer Mensch, aber ich kann bis heute nicht verstehen, wieso die meisten Dinge, die meine Oma in ihren Träumen gesehen hatte, Wirklichkeit geworden sind. Sie tat so, als wäre es für sie das Selbstverständlichste auf der Welt. Ob ein Onkel in ihrer fernen Heimat verstorben war oder sie jemals diese unsäglichen, beiden Weltkriege lebend überstehen würde, sie wusste es. Sie ging nie in einen Luftschutzbunker. Sie war einfach ein Phänomen. Das brachte mich auf die Idee, ihr mit dieser erfundenen Geschichte zu gedenken.

Roman Schmidt M.M.X.IV

Die weiße Traumkatze...
2. Teil
Die Fortsetzung der mystischen Geschichte . . .

Kriminalthriller von Roman Schmidt

Kurze Inhaltsbeschreibung

Im ersten Buch entkommt der seherisch begabte Autor nur knapp einem Anschlag und flüchtet in die Karibik. Da sein Auto explodiert war und man seine Leiche nicht gefunden hatte, wurde ein leeres Grab nach ihm benannt. Nach Jahren wird er durch einen erneuten Traum aus seinem selbstgewählten Exil wieder zurück nach Bremen gelockt. Seine damaligen Freunde von der Kripo, die den Fall bearbeitet hatten, waren nach langen Ermittlungen davon überzeugt, dass der Anschlag auf ihn misslungen sein musste. Sie fanden heraus, dass er am Leben und aus Selbstschutz unter falschem Namen in die Karibik geflüchtet war. Der damalige Polizeipräsident Huber war suspendiert und anschließend verhaftet worden. Man war sich aber schon damals nicht sicher, ob man alle Hintermänner und Beteiligten ermittelt hatte. Immer wieder tauchte in den alten Akten auch die Zahlung von großen Geldsummen auf, die nie gefunden wurden. Der gleiche Kommissar, der mit Steffenson`s Unterstützung den ersten Fall gelöst hatte, war sehr froh, ihn wieder an seiner Seite zu haben und als Berater für die weiteren Ermittlungen hinzuziehen zu können, denn der Fall schien noch nicht endgültig geklärt zu sein. Neuste Erkenntnisse zwangen dazu, weitere Nachforschungen anzustellen.

Der Traum von der weißen Katze
Kapitel 1

Das Flugzeug war soeben in Bremen-Neustadt gelandet. Andreas freute sich schon auf das Wiedersehen mit Adele, die sein Vermögen verwaltete und in seiner Villa wohnte, seitdem er in die Karibik geflohen war. Nur ihr seltsames Telefonat, das sich wie ein Hilferuf angehört hatte, war irritierend. Er nahm ein Taxi und genoss die Fahrt entlang der Weser bis nach Kirchweyhe. Von dort waren es nur noch ein paar Kilometer. Als sie langsam den breiten Kiesweg zur Villa in Dibbersen herauffuhren, sprang eine weiße Katze auf den Weg und rannte davon. Andreas war dadurch vorgewarnt, denn jedes Mal, wenn das kleine Tier erschien, geschah etwas Unerklärliches. So auch diesmal. Schon von weitem sah er, dass alle Fenster geöffnet waren und Qualm aus dem Dach stieg. Er öffnete seinen Sicherheitsgurt und bevor der Fahrer den Wagen bremsen konnte, sprang er aus dem Auto und lief die letzten Meter. Adele kam ihm auf der breiten Treppe entgegen. Die weiße Katze vom Weg schlich um ihre Beine. Ohne eine Begrüßung rief sie sofort los: „Und dabei hatte ich doch alles getan, was die Männer von mir verlangten . . . ich verstehe das nicht!" Sie ging an ihm vorbei und lief in den Garten. Andy war irritiert. Er schaute sich um, doch das Taxi hatte schon gewendet und fuhr zur Straße. „Halt, mein Gepäck!" rief er und rannte den Weg zurück. Als er stolperte, half ihm ein alter, weißhaariger Mann wieder auf die Beine: „Wo kommen Sie denn her?" wollte Andy wissen, doch er bekam nur ein Lächeln zur Antwort. „Gut, dass du wieder da bist!" Jetzt wurde er fest an der Schulter gepackt. „Was wollen

Sie von mir?" schrie Andreas und wollte sich losreißen, doch da spürte er einen sanften Kuss auf seinem Mund. „Andy, Liebling! Wach auf, du hast schlecht geträumt!" Er setzte sich und sah in die ängstlichen Augen seiner dunkelhäutigen Freundin, schweißgebadet in seinem Bett auf der Karibik-Insel Grand Cayman. „Es ist etwas passiert! Ich muss . . . wir müssen . . .!" er sprang auf und taumelte, noch völlig schlaftrunken und unter dem Eindruck seines Traumes ins Bad. Maria lief hinter ihm her und nahm ihn in die Arme: „Is it, what you ever told about? Ist es das, wovon du mir immer erzählt hast?" Andy sah sie an und nickte stumm. Er sprach Englisch mit ihr und hatte ihr beim Kennenlernen vor anderthalb Jahren erzählt, dass er John Smith heißen würde. Sie kannte seine Vorgeschichte nicht, nur von den seltsamen Träumen hatte er ihr erzählt. Sie machte keinen Hehl aus ihrer Angst: „Das ist ja furchtbar! Du solltest dein Gesicht sehen, wenn du so intensiv träumst! Ich hab dich kaum wiedererkannt!" Sie schmiegte sich an ihn: „Wie geht es jetzt weiter, John?" Er löste sich vorsichtig aus ihrer Umklammerung, zog die Schlafanzugjacke aus und drehte den Wasserhahn auf. „Keine Ahnung! Ich weiß es selber nicht!" Er nahm die Zahnbürste und schaute Maria erwartungsvoll an, denn er wollte seine Morgentoilette alleine machen. Sie nickte und verließ das Bad. Als er nach einer halben Stunde frisch geduscht und mit dem Badetuch um seine Lenden gewickelt, wieder ins Wohnzimmer kam, sah Maria auf: „Na, geht`s wieder?" Andreas nickte zur Bestätigung und nahm ein Glas aus dem Schrank. Er hielt es unter den laufenden Wasserhahn und nach einer Weile drehte er das Ventil wieder zu. Mit geschlossenen Augen schluckte er das kühle Nass und atmete tief durch: „Was für ein Traum!" Als er sich angezogen hatte, schaltete er sein Notebook ein und meldete sich mit dem Passwort an, nun war er wieder online. Gerade, als er in die Küche gehen wollte, kam das akustische Signal, der Bildschirm wurde hell und er las die Meldung: „Sie haben Post!" Er ging zurück, setzte sich und öffnete die Nachricht. Absender war die Kriminalpolizei in Bremen. „Merkwürdig, von denen hatte ich nach meiner Flucht auf die Cayman Islands noch nie Post!" murmelte er, als er den digitalen Text von der Mattscheibe las. „Woher haben die meine Adresse?" Er überlegte einen Augenblick und kam zu dem Schluss, dass es entweder ein Geheimdienst geschafft hatte, ihn zu finden, oder seine Haushälterin hatte aus einem wichtigen Grund seinen Aufenthaltsort preisgegeben. Jetzt war es höchste Zeit, seiner Freundin die Wahrheit zu sagen. „Maria Gomez?" rief er in die Küche. Wenn er sie so förmlich ansprach, musste es sehr wichtig sein. Sofort erschien sie im Türrahmen, leckte sich den Rest Marmelade von den Fingern und kam zu ihm. „Ernste Nachrichten?" Er antwortete darauf nicht und zeigte auf den Sessel neben sich: „Setz dich, bitte! Ich muss dir etwas Wichtiges sagen." Sie kam seiner Aufforderung mit gesenktem Kopf nach und schaute ihn dann traurig an: „Du bist verheiratet, stimmt´s?" Ihr Freund schüttelte den Kopf: „Schlimmer!" Sie schaute ihm offen ins Gesicht: „Etwas Schlimmeres gibt es nicht! Sag schon, du musst gehen und willst mich verlassen!" Andreas, den sie nur als John kannte, wusste nicht, wo er anfangen sollte. „Sag mir einfach die Wahrheit. Du wirst gesucht, richtig?" Empört sah er sie an: „Wie kommst du denn da drauf?" Sie zeigte auf den Bildschirm des Notebooks, wo deutlich der Absender zu lesen war: „Crime Police?" Er rückte seinen Stuhl näher zu ihr, nahm ihre Schultern und begann mit seiner Beichte, die schon lange, viel zu lange überfällig war. Sie hörte die ganze Zeit angespannt zu und als er geendet hatte, gab sie ihm einen Kuss auf die Stirn. „Andreas? Da werde ich mich aber noch oft versprechen, John! Ruf diese Adele an! Wenn du zurück nach Deutschland fliegen musst, dann komme ich natürlich mit!" Sie machte eine gekonnte Pause und schaute ihn abwartend von der Seite an: „Oder willst du alleine reisen?" Andreas war in Gedanken versunken, denn er konnte sich keinen Reim auf die Botschaft machen. Er schaute auf die Uhr: „Zehn! Jetzt ist es in Bremen später Nachmittag. Die haben jetzt Feierabend. Ich werde heute Nacht über das Internet mit der Kripo in Deutschland Kontakt aufnehmen! Ich muss wissen, was da passiert ist!" Andreas saß seiner Freundin in der Küche schweigend gegenüber. „Andries? Right?" Nun musste er lächeln. Es würde tatsächlich noch lange dauern, bis sie ihn richtig ansprechen würde. Es nahm das weiche Maisbrot, bestrich es mit Marmelade und biss hinein. Komisch, das erste Mal dachte er an ein richtiges Graubrot, oder ein Schwarzbrot mit Schinken. „Du wirst Deutsch lernen müssen!" sagte er lächelnd und strich ihr über die langen, schwarzen Haare. Gegen drei Uhr am Nachmittag saß er vor dem Notebook und gab die Daten ein, die auf der gesandten Nachricht an ihn gestanden hatten. Joachim Stehler, Kripo Bremen schrieb als erstes, dass er nie hatte glauben können, dass er einem Attentat zum Opfer gefallen war. Adele, seine Haushälterin hatte beharrlich dazu geschwiegen. Dann, vor einer Woche erschien sie plötzlich auf dem Revier und übergab ihnen

E-Mail Adresse und Aufenthaltsort von Andreas Steffenson, alias John Smith, weil sie um sein Leben fürchtete. „Man vermutet wohl, dass er mit viel Geld in die Karibik verschwunden ist. Illegale Summen, die wohl seit der Verhaftung des Polizeipräsidenten und dem versuchten Mord an Steffenson verschwunden sind. Wie und wo soll mein Hausherr denn daran gekommen sein?" Stehler nahm die Hinweise sehr ernst und fuhr mit seinem Partner bei nächster Gelegenheit zu der Villa, die zu seiner Überraschung jedoch leer und verlassen war. Wohnte Adele hier nicht mehr? War sie ihm auf die Cayman Islands gefolgt? Sie fuhren zurück ins Revier. In den alten Akten fand sich kein einziger Anhaltspunkt dafür, dass Steffenson hätte Gelder transferieren können. Nur bei dem getöteten Chemiker und dessen ermordeten Schulfreund ergaben sich Ungereimtheiten, die auf frühere, linke Geschäfte hinzuweisen schienen. Das Geld musste also noch irgendwo versteckt sein. Ohne die seherischen Fähigkeiten des Autors wäre der erneute Fall schwerlich zu lösen. Jetzt war der richtige Zeitpunkt gekommen, Steffenson von den Sorgen seiner Hausdame zu informieren, denn sein Kommen war nun von größter Wichtigkeit!

Kapitel 2

Als er mit seiner dunkelhäutigen Freundin die Maschine auf dem Flugplatz in Bremen verließ, fröstelte sie. Diese ungewöhnlich kalten Temperaturen war seine karibische Freundin nicht gewohnt. Sie liebte ihn und wollte endlich die Villa sehen, von der er auf den Cayman Islands so oft erzählte. Insgeheim hatte sie schon angefangen, daran zu zweifeln, ob er überhaupt ein solches Anwesen besaß, oder ob er nicht, wie einige andere, die sie vor ihm kennengelernt hatte, doch ein Steuerflüchtling oder ein Aussteiger mit gesuchtem Steckbrief war. Nun würde sie die volle Wahrheit mit eigenen Augen sehen. In der Halle wurden sie schon erwartet. Stehler, der mittlerweile befördert wurde und nun Hauptkommissar war, stellte kurz seinen Kollegen Carlson vor. Dann umarmte er den alten Bekannten, den er tot geglaubt hatte. Steffenson stellte ihnen seine Freundin vor und dann gingen alle mit dem Gepäck zum wartenden Dienstwagen, der sie nach Dibbersen fahren sollte. Steffenson wollte im Wagen sein übereiltes Verschwinden erklären und war überrascht, als ihm der Beamte seine Version schilderte. Andreas war erstaunt, denn sie stimmte mit kleinen Abweichungen mit den tatsächlichen Ereignissen überein. Er beantwortete die offenen Fragen und widmete sich zwischendurch immer wieder seiner Freundin, der er das Gespräch übersetzten musste, denn sie verstand nur ein paar Brocken Deutsch. Eine halbe Stunde später erreichten sie das große Anwesen außerhalb von Bremen. Der Hausschlüssel, den Andreas hervorkramte und im Schloss versuchte, passte verständlicherweise nach der langen Zeit nicht mehr. Joachim, der Kriminalbeamte, forderte ihn auf, kurz wegzuschauen, damit er nicht sehen konnte, wie schnell der die Tür mit seinem Spezialwerkzeug geöffnet hatte. Andy bückte sich, um danach das geöffnete Schloss näher zu betrachten .... er konnte nicht den geringsten Kratzer sehen. „Schon beängstigend, wenn ich denke, mich im verschlossenen Haus sicher zu wähnen!" Stehler lächelte nur: „Wenn man ein reines Gewissen hat, was soll einem dann passieren?" Andreas konterte: „Wenn die richtigen Menschen hereinkommen, hast du Recht. Aber wer sagt mir, dass nicht auch „Spitzbuben" genauso schnell ins Haus kommen können? Dann ist es aus mit der angeblichen Sicherheit! Ich werde mir etwas einfallen lassen!" Sie standen mit dem Gepäck im dunklen Flur. Der Lichtschalter wurde vergebens gedrückt und Stehler nahm seine Taschenlampe: „Es wird besser sein, wenn wir die Räume vorher durchsuchen!" Andreas wollte weiter gehen und wurde von ihm sanft, aber energisch daran gehindert. Der Hauptkommissar ergänzte seinen Satz: „. . . . . . . alleine!" Steffenson hatte verstanden, stellte seinen Koffer in den Flur, nahm Maria in den Arm und ging mit ihr zurück auf den Kiesweg. Er hatte vergebens mehrfach versucht, seine Haushälterin telefonisch zu erreichen. In seinem Traum war sie doch noch da gewesen! „Wo ist Adele, meine Haushälterin? Das Haus scheint seit langem verwahrlost. Das ist nicht ihre Art!" murmelte er etwas unverständlich vor sich hin. Er wollte sich gerade auf die Stufen setzen, als ein zotteliges, verdrecktes Etwas aus dem Gestrüpp sprang. Völlig abgemagert kam ihm Lotte jaulend entgegen. Maria war erschrocken aufgesprungen und zurück zur Tür geeilt, als Andreas der Hündin seinen Handrücken entgegenhielt. Das Tier schnupperte kurz und schien ihn sofort wiedererkannt zu haben, denn heftig mit dem Schwanz wedelnd, versuchte seine Lotte anschließend, vor Freude an ihm hochzuspringen. Andreas streichelte das Tier und wunderte sich über sein total verlodertes Aussehen. „Du kommst als erstes in die Wanne." Er drehte sich zu Maria um, die ängstlich im Türrahmen wartete: „Keine Angst, das ist unsere Lotte. Sie beißt nicht! Ich hab aber nicht an Hundefutter gedacht!"

Sie hörten Schritte im Haus und bald darauf standen die beiden Beamten wieder neben ihnen: „Das Haus ist verlassen und menschenleer." Joachim kam etwas näher und flüsterte: „Alle Sachen von Adele sind noch in ihrem Zimmer! Ausweis, Handtasche und ihre Kleider. Geh erst in ihre Räume, wenn die Kollegen der Spurensicherung da gewesen sind." Jetzt schaute er auf den Vierbeiner: „Sag bloß nicht, dass das die alte Lotte ist! Wie sieht die denn aus?" Andreas nickte: „Sie sieht aus, als hätte sie schon seit Wochen nicht mehr im Haus gewohnt und kaum was Vernünftiges gefressen, oder? Wie geht es jetzt weiter, was schlägst du vor?" Joachim steckte die Taschenlampe wieder ein und ging mit dem Kollegen zurück zum Dienstwagen. „Rühr oben nichts an! Wir schicken dir die Spurensicherung, einen Elektriker, ein paar Lebensmittel, einen Kasten Sprudel und . . ." er deutete auf Lotte: „Hat sie einen bestimmten Wunsch?" Andy schüttelte den Kopf: „Als ich noch hier gewohnt habe, hat sie alles gefressen, was wir ihr gegeben haben!" Die Kriminalpolizisten stiegen ein und das Auto rollte rückwärts den Weg zurück. Sie winkten noch einmal durch das Seitenfenster und waren bald auf der Straße nicht mehr zu sehen. „Komm!" sagte Andy, nahm Maria an der Hand und ließ Lotte vor ihnen ins Haus. Der Hund rannte sofort die Treppe hinauf, was ihm sehr seltsam vorkam, denn der Korb stand immer noch im total verdreckten Wohnzimmer. „Adele muss schon seit Wochen nicht mehr hier gewesen sein! Hoffentlich ist ihr nichts zugestoßen!" Sie hatten gerade die schweren Koffer in den Flur im Obergeschoß gebracht, als sie draußen Motorgeräusche hörten. Kurz darauf hupte es und Andreas ging nach unten. Da stand ein Dienstwagen mit den angekündigten Polizisten und dahinter ein Taxi: „Andreas Steffenson?" Andy schaute ihn an: „Ja?" er ging auf den Fahrer zu: „Ich wurde beauftragt, ein paar Sachen zu kaufen und den Beamten hinterher zu fahren." Andy nickte und ging zu den vier Polizisten, die mit ihren Metallkoffern ausgestiegen waren. Nach einer kurzen Begrüßung gingen sie in den Flur, zogen ihre weißen Overalls an und gingen die Treppe herauf. Sie kannten ihre Aufgabe und Andy, der neben dem Taxi gewartet hatte, half beim Ausladen. Maria kam ihm entgegen und trug die Kartons und Tüten ins Haus. „Was bekommen Sie?" Er nahm die Geldbörse und klappte sie auf. Es war eher ein Reflex, denn er hatte nicht daran gedacht, dass er nur Dollars besaß. Der Fahrer schaute ihn an: „Hauptkommissar Stehler hat mir hundert Euro gegeben. Den Rest soll ich Ihnen hierlassen. Vorschuss, hat er dazu gesagt. Sind Sie auch bei der Kripo?" Steffenson wollte nichts dazu sagen, aber auch nicht unhöflich wirken und murmelte: „Freier Mitarbeiter!" Dann hob er die letzten Papiertüten aus dem Kofferraum und nahm das Geld an sich, denn er war noch nicht dazu gekommen, zur Bank zu gehen. Als sich der Taxifahrer verabschiedete, kam auch schon ein kleiner Lieferwagen auf das Haus zu. „Schlüsseldienst und Elektroservice". Andreas musste neidlos anerkennen, dass die vermisste, unterschätzte Pünktlichkeit immer noch in seinem deutschen Heimatland sehr groß geschrieben wurde. In der Karibik hätte er darauf wochenlang warten müssen.

Kapitel 3

Maria hatte in der Küche für Ordnung gesorgt. Nachdem die Handwerker und Beamten die Villa wieder verlassen hatten, war auch endlich wieder Strom im Haus. Der Kühlschrank funktionierte tatsächlich noch und summte laut, um seine eingestellte Kühlung zu erreichen. Andreas hatte in der Badewanne lauwarmes Wasser eingelassen und seine Lotte hineingestellt. Als er sie mit der Dusche abspritzte, schaute sie ihn traurig jaulend an. Die Hündin hasste das durchdringende Nass, aber Andy wollte den mittlerweile für ihn ungewohnten Geruch aus ihrem Fell haben. Der Hundekorb war nicht mehr im Wohnzimmer. Im Schrank lagen noch alte Wolldecken, die er jetzt auseinander nahm und an den alten Platz neben den Kamin legte. Als er die Hündin abgetrocknet hatte, nahm er eine Blechschüssel aus dem Schrank und erklärte sie ab sofort zweckentfremdet zu Lottes Fressnapf. Sie hatte schon am frühen Morgen gierig ihre gesamte Portion Trockenfutter heruntergeschlungen, deshalb gab es jetzt nur Wasser. Sie sollte sich, so abgemagert wie sie war, nicht den Magen verderben, denn offensichtlich war sie an regelmäßige Mahlzeiten schon lange nicht mehr gewöhnt. Sie verstand seine Aufforderung sofort und legte sich auf ihre neue Decke, nachdem er den Kamin angezündet hatte. Seltsamerweise lag noch eine Menge Brennholz in der schmiedeeisernen Halterung daneben. Grummelnd und murrend meldete sich sein Magen. „Kommst du klar?" rief er in die Küche und Maria antwortete sofort: „Gib mir noch eine viertel Stunde!" Andreas setzte sich in einen Sessel, schaute in den Garten und dachte nach: „Was mag sich hier in den letzten

Monaten abgespielt haben?" Er fiel, erschöpft von den Eindrücken, in einen Tagtraum. Draußen hatte es aufgehört zu regnen. Lotte schlief ruhig neben dem Kamin, in dem die rotglühenden Holzscheite knisterten und eine wohltuende Wärme abgaben. Da löste sich ein Schatten aus der Wand und eine verschwommene Gestalt schwebte auf ihn zu. Sie schien ihm zu winken und glitt lautlos durch die gegenüberliegende Wand ins Freie. Einem kleinen Feuerball gleich, entfernte sie sich in den Garten. Andreas sprang auf und hastete zur Tür. Da war auch seine kleine, vierbeinige Freundin. Einer weißen Marmorfigur gleich, saß die Katze regungslos oben auf der Mauer. Zuerst schaute sie ihn auffordernd an, dann drehte sie den Kopf in die entgegengesetzte Richtung. Andy folgte ihrem Blick und sah einen flackernden Schein in der Gartenlaube, die am hinteren Ende des Zaunes lag. Nach einem kurzen Lauf stand er vor der unverschlossenen Brettertür. Auf der Eckbank saß Adele. Ihre beiden Hände lagen mit abgespreizten Fingern auf dem kleinen Tisch. Sie starrte in das flackernde Licht der brennenden Kerze, die vor ihr stand. Vorsichtig trat er ein: „Was ist passiert, Adele?" Sie hob den Kopf und sah in seine Richtung. An der Stelle ihrer Augen waren nur dunkle Höhlen. „Andreas, Sie sind in höchster Gefahr! Sehen Sie doch!" Sie senkte den Blick wieder auf ihre Hände. Erschrocken wich Andy zurück. Seiner treuen Hausdame fehlten an jeder Hand zwei Finger. Die abgetrennten Gliedmaßen lagen neben der Kerze. „Warum haben die das getan?" fragte sie und fügte hinzu: „Ich habe Sie nicht verraten, war es vielleicht deshalb?" Sie wartete seine Antwort nicht ab: „Natürlich war es deshalb! Sie vermuten, dass Sie in dem Haus ihres

Freundes im Teufelsmoor viel Geld gefunden haben und die Formel für das Giftgas noch einmal an irgendwelche Terroristen verkauften! Gut, dass Sie endlich wieder da sind und mit der Kripo zusammenarbeiten!" Sie hob noch einmal den Kopf und ein Lächeln schien über ihr fahles Gesicht zu gleiten: „Wie früher, stimmt`s?" Ihre Gestalt zerfiel, die Kerze war verschwunden und Dunkelheit umfing ihn: „Adele, halt! Ich weiß doch nicht, wo ich anfangen soll! Adele!" . . . . . „Hast du mich gerufen? Das Essen ist fertig!" Maria stand im Wohnzimmer vor ihm und sah ihn besorgt an: „Entschuldigung, du hast geschlafen? Mir war es, als hättest du nach mir gerufen. Das muss ein wilder Traum gewesen sein! Geht es wieder los?" Andy stand verwirrt auf, nickte ihr bestätigend zu und ging in die Küche. Nach dem Essen nahm er sein altes, mobiles Telefon und rief Stehler an: „Wir müssen reden!" sagte er knapp. Joachim hatte sofort verstanden: „Bei dir? In einer halben Stunde, passt das?" Andreas schaute Maria an, die ängstlich im Türrahmen erschienen war. Dann antwortete er genauso knapp: „Passt!" und drückte das Gespräch weg. Er ging auf sie zu, legte seine Arme um sie und sagte: „Noch kannst du zurück, Maria!" Sie schmiegte sich an ihn: „Du kennst meine Antwort, ich bleibe bei dir!" Nach einer knappen Stunde bog ein Wagen von der Straße ab und fuhr den Kiesweg zu seiner Villa hoch. Vier Beamte stiegen aus und kamen zügig auf das Haus zu. Andreas öffnete die Haustür und nickte Joachim zu. Er gab den anderen die Hand und zeigte auf die Wohnzimmertür. Die Männer gingen hinein und setzten sich. Die fremden Beamten nannten ihre Namen und Stehler sagte: „Genauso, wie vor ein paar Jahren!" Andy konnte das nicht bestätigen: „Nicht genauso! Wo sind die Kollegen Kröger und Feldhaus?" Joachim antwortete sofort: „Innendienst. Nach einem, ... sagen wir mal „betriebsbedingten" Unfall wurden sie beide auf eigenen Wunsch dorthin versetzt. Andy schaute ihn an: „Hat das vielleicht mit dem damaligen Fall zu tun?" Stehler hob die Schultern: „Es konnte nichts bewiesen werden, aber die Möglichkeit besteht natürlich. Wir haben auch schon daran gedacht!" Fürs erste beließ man es dabei und Andreas musterte die neuen Kollegen: „Kann ich offen reden?" Jockel nickte: „Wie früher! Sie sind mit dem alten Fall vertraut!" Vorsichtig schilderte er nun den Verdacht, dass Adeles Verschwinden mit dem alten Fall zu tun haben könnte und Joachim nickte bestätigend. „Wäre möglich, denn zwei der Verurteilten sind seit drei Monaten wegen guter Führung wieder in Freiheit. Die Hintermänner sind damals nicht gefasst worden. Amtsrat Huber wurde zwar vom Dienst suspendiert, hat aber seine Pensionsansprüche nicht verloren! Das hat uns schon damals mächtig irritiert! Und das Wichtigste: Dr. Hein hatte € 1,5 Mio. illegal für den kopierten USB-Stick und € 20.000 regulär von den Chemischen Werken erhalten. Das konnten wir ermitteln, aber das Geld wurde nie gefunden. Unser Amtsrat Huber war der einzige, der davon € 200.000 bekommen hatte. Diese Summe wurde beschlagnahmt. Der Anteil von dem Import-Export . . . . . . wie hieß der doch gleich?" Andreas überlegte: „Hatte der nicht einen Adelstitel?" Joachim grinste: „Jetzt fällt es mir wieder ein! Kein Adelstitel, er hieß „von Banater"! Elmar von Banater". Also dem wurde wohl auch eine gehörige Summe versprochen, aber außer dem Urlaub in der Karibik hat der nichts mehr von seinem Anteil gehabt, wie du ja noch weißt!" Andreas erinnerte sich: „Der im Flugzeug von hinten erstochen wurde?" Stehler bejahte: „Genau der! Wir müssen davon ausgehen, dass irgendwer hinter dem verschwundenen Geld her ist! Übrigens, kauf dir ein neues Handy! Mit dem alten Knochen, den du hast, ist die Verbindung sehr schlecht!" Andreas kramte sein mobiles Telefon hervor und legte es auf den Tisch. Die anwesenden Beamten konnten sich ein Kichern nicht verkneifen. „Zur Not kann man damit werfen!" sagte einer und wunderte sich sogleich darüber, dass Andreas darüber nicht lachen konnte. „Nein, danke!" Er nahm demonstrativ den treuen Begleiter wieder vom Tisch: „Ich behalte mein altes Mobile! Ich habe meine Bedenken gegen die neuen tragbaren Telefone, denn man kann die Akkus nicht mehr austauschen, das Gerät also nicht ausschalten! Und da man damit permanent im Internet ist und GPS hat, kann sich jeder ausmalen, dass eine Überwachung kinderleicht ist. Dann kommt da die Bedienung mit dem Berührungsfeld hinzu, womöglich eine Registrierung des Passwortes anhand des individuellen Fingerabdrucks . . . . ich wage nicht, darüber nachzudenken, denn dann kann ich genauso gut mit einem Lautsprecher durch die Straßen ziehen und rufen: Ich bin wieder zurück! Holt mich!" Joachim antwortete als erster: „Andy, ich verstehe dich. Aber du siehst Gespenster. Mit dem da . . ." er zeigte auf das alte, elektronisch überholte Gerät: „mit dem kannst du heute nicht mehr vernünftig kommunizieren! Du brauchst einen anderen Anbieter und ein besseres Gerät! Es muss ja nicht das allerneuste sein!" Andy atmete tief aus, denn Maria hatte ihn deshalb auf den Cayman Islands auch schon früher ausgelacht. „Morgen", sagte er: „Morgen geh ich los! Kannst mir ja dabei helfen, wenn ich so rückständig bin!" Joachim hatte den leicht verbitterten Unterton bemerkt, ging aber nicht darauf ein. Er legte ihm ein neues Gerät auf den Tisch. „Originalverpackt und abhörsicher. Ist für Spezialaufträge!" Andreas nahm das Gerät und legte es ungesehen in die Schublade. Joachim kam zum Thema: „Wir müssen reden, hast du gesagt War das schon alles?" Andreas schaute die fremden Beamten an: „Dich wollte ich sprechen, dich!" Er stand auf und ging zur Tür: „Maria? Kannst du bitte eine Kanne Kaffee kochen?" Sie antwortete sofort: „Soll ich auch Sandwiches machen?" Andreas hob resigniert die Schultern: „Meinetwegen!" Er schloss die Tür, kam zurück und setzte sich wieder. „Also gut! Ich hab sie gesehen. Ihr fehlen an jeder Hand zwei Finger. Sie scheint gefoltert worden zu sein." Ein jüngerer Beamter sprang auf: „Wo haben Sie die Frau gefunden?" Joachim verdrehte die Augen: „Setzen Sie sich wieder hin, Carlson! Er ist noch nicht fertig, stimmt`s?" Andreas schwieg. Es klopfte und Maria brachte ein Tablett herein. „Die Tassen sind im Schrank. Machst du das? Wenn noch was ist, ich bin im Keller, bügeln!" Andreas nickte und stellte das Geschirr auf den Tisch. Dabei sprach er etwas verächtlich: „Meinst du wirklich, dass deine neuen Kollegen, diese Dilettanten verstanden haben, worum es geht?" Bevor die Situation außer Kontrolle geriet, ergriff der Hauptkommissar das Wort: „Ich muss hier dringend etwas klarstellen!" Er wandte sich an seine Begleiter: „Herr Steffenson hat natürlich recht. Wir arbeiten mit ihm zusammen. Mit ungewöhnlichen Methoden. Wir haben im Kommissariat vor einer Woche darüber geredet. Sie haben sich freiwillig dazu gemeldet. Jetzt muss ich dringend darum bitten, dass wir nach den gemachten Erfahrungen weitermachen können. Herr Steffenson ist bei den Ermittlungen vor zwei Jahren sehr behilflich gewesen. Seine Beobachtungen und vor allen Dingen seine ungewöhnlichen „Träume" haben letztendlich den Fall gelöst. Ich bitte Sie also darum, sich besser in diese Materie hineinzudenken. Sollten Sie alle dazu nicht in der Lage sein, so sehe ich mich gezwungen, ein neues Team zusammenzustellen und Sie von dem aktuellen Fall abziehen, ist das jetzt verstanden worden?" Betroffenheit machte sich unter den neuen Kollegen breit. Ja, man hatte im Vorfeld eine Belehrung gehabt, das stimmte. Aber wer rechnete damit, dass solche utopischen Träumereien ein Auslöser für umfangreiche Ermittlungen sein würden. Die Beamten waren ungefähr im gleichen Jahrgang und hatten sich aus purer Neugier für diesen Fall gemeldet. Ungeachtet der erneuten Belehrung starrte Andreas vor sich hin: „Schluss jetzt! Ich habe von Anfang an meine Zweifel an den jungen Männern geäußert. Kann ich mit dir alleine sprechen, oder willst du sie immer noch mit meinen Träumen langweilen?" Stehler schaute ihn an: „Du wirst es nicht glauben, aber das sind Profis. Experten auf unterschiedlichen Gebieten. Sag, was du zu sagen hast, wir hören dir zu!" Joachim nahm die Kaffeekanne und schüttete die bereitgestellten Tassen voll. Dann setzte er sich, nahm ein Schnittchen und wartete. „Der Brunnen im Garten! Er ist nicht mehr da!" Andreas stand am Fenster und schaute in den Garten. „Wo ist der Brunnen?" Joachim antwortete: „Wie kommst du ausgerechnet jetzt auf diesen Brunnen? Du warst seit Jahren nicht mehr in Deutschland. Es hat sich seitdem viel verändert, auch hier auf deinem Grund und Boden."

Andreas drehte sich um: „Ich hatte diesen Traum . . . . . ."
Die Beamten wurden still. Keiner traute sich, dumme Bemerkungen zu machen. Sie spürten das Knistern der Spannung, die jetzt im Raum lag. Andreas wandte sich ab, setzte sich in den alten, englischen Ledersessel und legte seine Hände vors Gesicht. Mit geschlossenen Augen kam ihm die Erinnerung an den gestrigen Traum zurück. Da war sie, die kleine, weiße Katze. Hochmütig balancierte sie im Garten über den Rand des Brunnens, er hörte sogar das leise Miauen. Dann, sprang sie von dem gut meterhohen, rustikal mit Bruchsteinen gemauerten Rand zurück auf die Wiese. Sie kam auf ihn zu und schlicht um seine Beine. Der sanfte Druck ihres kleinen Körpers strahlte Wärme aus. Plötzlich störte Lotte mit lautem Gebell die Ruhe und sprang die Treppe herunter und stürmte zu ihnen in den Garten. Andreas bückte sich instinktiv, denn er wollte seinen kleinen Vierbeiner schützen. Aber wo war der Mäuseschreck? Verdutzt schaute er sich um und erschrak. Wo eben noch der Brunnen gestanden hatte, war nun eine geschlossene Grasfläche. Dort rannte seine Lotte hin, bellte und fing an, wie wild mit den Vorderbeinen zu scharren. „Aus!" rief Andreas, der nicht wollte, dass sich der Jagdhund im Garten austobte und ein zerwühltes Minenfeld hinterließ. „Aus! Lotte! "Der Hund schaute ihn an und rannte zurück ins Haus. Dunkelheit umfing ihn. Eine Hand legte sich auf seine Schulter: „Andy?" Der Angesprochene öffnete seine Augen und sah in die erstarrten Gesichter der Kriminalbeamten, die mit offenen Mündern sprachlos auf dem Sofa saßen. „Hast du etwas für uns?" Andreas rieb seine Augen: „Der Brunnen! Bestell einen Bagger. Wir müssen graben!"

Kapitel 4

„Er ist wieder zurück, Chef!" Sie saßen in der Penthouse-Suite an der Binnenalster. Außer den beiden dauerhaften Hotelgästen waren in dem Fünf-Sterne-Hotel zu dieser außergewöhnlichen Besprechung noch weitere Männer anwesend, denen man nicht gerne alleine im Dunklen begegnet wäre. Drei von ihnen saßen etwas abseits auf der ledernen Sitzgruppe, tranken heißen Tee und hörten aufmerksam zu. Die Nr. 1 und 2, wie die beiden Chefs knapp genannt wurden, saßen sich an den schmalen Enden des langen Esstisches gegenüber. Seitlich hatten jeweils drei weitere „Geschäftspartner" Platz genommen. „Seit wann?" war die knappe Gegenfrage, denn die Chefs schienen nicht darüber verwundert zu sein, dass Andreas wieder im Land war. Über ihn sprach man hier. Der Informant antwortete: „Zwei Wochen, Nr.1. Aber da ist noch etwas, von dem ich erst jetzt erfahren habe." Die Männer blickten auf, legten ihre Notizen beiseite und schauten gebannt in seine Richtung. „Ja? Weiter?" Der Mann legte sein mobiles Telefon auf den Tisch. „Hier! Ich bekam soeben von unserem V-Mann eine Nachricht. Steffenson will seinen Garten umgraben." Er schaute dabei zu der kleinen Sitzgruppe: „Hat euch vielleicht doch jemand dabei gesehen?" Einer der angesprochenen Männer standen auf: „Was soll das? Dieser Andreas war in der Karibik, habt ihr mir erzählt. Von dem Geld war keine Spur. Das Grundstück liegt einsam in der Pampa! Wer soll uns denn da gesehen haben?" Nr. 2 stand auf und beendete das Gespräch. „Schluss damit! Mit sinnlosen Anschuldigungen ist uns nicht geholfen. So kommen wir nicht weiter! Boris?" Der angesprochene, durchtrainierte Kleiderschrank stand auf und schaute ihn an. „Was meinst du? Könnt ihr ihn zum Reden bringen?" Ein breites Grinsen legte sich auf sein Gesicht: „Wie uns ein Vögelchen gezwitschert hat, ist er nicht alleine zurückgekommen. Ihm scheint viel an seiner „black beauty" zu liegen. Sie könnten wir uns doch vornehmen. Vielleicht wird er dann etwas verraten!" Der Chef nickte: „Wir müssen die weiteren Ergebnisse abwarten, denn wir sind über jeden Schritt, den die Kripo jetzt unternimmt, informiert. Der junge Beamte hätte sich nicht mit Chantal im Kasino einlassen sollen." Er drehte sich zu der üppigen Blondine um, die soeben den Raum betrat. „Sprecht ihr von mir?" Ohne darauf einzugehen sagte Nr. 1 nur: „Hast du den kleinen Beamten auch voll unter deiner Kontrolle?" Die junge Frau setzte sich gekonnt auf den Barhocker und schlug ihre langen Beine so geschickt übereinander, dass der Minirock noch mehr zeigte, als ohnehin schon. „Zweifelst du an meinen Künsten?" Ein müdes Lächeln war die Antwort: „Ich zweifle nicht, aber du darfst dich nicht überschätzen, denn es hängt viel für uns davon ab. Warten wir erst einmal darauf, ob und was die überhaupt im Garten finden werden. Und du, Boris, halt dich noch zurück, bis wir dir den Auftrag erteilen, du weißt schon!" „Sollen wir ihn weiterhin beobachten?" wollte man in der Gruppe wissen und bekam eine sofortige Antwort. „Wir machen weiter, wie bisher. Unsere Partner aus dem Nahen Osten sind immer noch verärgert, dass sie mit der Lieferung nichts anfangen konnten. Sie bestehen weiterhin auf Erfüllung des Vertrages. Was ist mit dem Nachfolger des Chemikers?" Einer der Männer fühlte sich angesprochen: „Er arbeitet für uns. Wir werden diesmal dafür sorgen, dass nicht nur die Formel in unseren Besitz übergeht. Wir werden auch in großem Stil die gefertigten Endprodukte liefern können. Stimmt doch, oder hat sich in der Zwischenzeit etwas anderes ergeben?" Die Blicke ruhten auf einem sportlich wirkenden Mann, der als einziger am Tisch keinen schwarzen Anzug trug. „Es hat sich nichts am Ablauf geändert. Wenn Sie mir grünes Licht geben, wird mein Team tätig. Wir haben Zugang zum Arsenal, wo die Waffen und brisanten Geschosse lagern. Dort werde ich die Kisten gegen Übungsmunition und alten Schrott austauschen." „Gut, gut! Verraten Sie nicht zu viel. Das ist ihre Sache. Ich will nur keine zweite Pleite mit unseren arabischen Auftraggebern erleben, denn sie haben mir ironisch gedroht, dass wir ein weiteres Versagen nicht überleben könnten. Wir sitzen also alle im selben Boot. Ihr wisst, was zu tun ist. also, an die Arbeit!" Die Männer tranken ihre Gläser und Tassen aus und gingen zur Tür. Chantal rutsche von ihrem Barhocker und wollte ebenfalls gehen. Die beiden Chefs lächelten sich zu und einer von ihnen hielt sie am Handgelenk fest: „Diese Nacht hast du einen Termin!" Sie blieb stehen und schaute ihn an: „Adresse?" fragte sie und er schloss die Tür und nahm sie in den Arm, während sein Geschäftspartner seine Jacke auszog. Nach einem Kuss und einer engen Umarmung ließ er sie kurz los: „Die Adresse ist hier! Diese Suite! Geht schon einmal ins Bad und pudere dir das Näschen!" Die Männer gaben sich die Hand. „Morgen werden wir uns mit diesem Steffenson befassen!"

Kapitel 5

In einem halben Meter Tiefe fand der Bagger schnell die Überreste der ringförmig angeordneten Bruchsteine. Dann ging alles sehr zügig und der zugeschüttete Brunnen war bald anderthalb Meter tief freigelegt. Zischend hob sich der Greifarm des Stahlmonsters und der Dieselmotor wurde abgestellt: „Wie tief müssen wir graben?" Andreas hatte sich schon damit befasst und antwortete aus seiner Erinnerung: „Ich schätzte so ungefähr zwei bis drei Meter, denn der Grundwasserspiegel war hier immer sehr hoch!" Er drehte sich zu den umstehenden Kripobeamten um: „Liegt wohl an der Weser, die da unten entlang fließt!" Der Arbeiter startete den Motor neu und fuhr ein Stück zurück. Der Rasen sah jetzt schon aus, als wäre hier ein Truppenübungsplatz entstanden. Er drehte das Gehäuse und senkte den Stahl Arm. Dann sprang er vom Sitz und schlug mit einem Hammer den Eisenbolzen oberhalb der breiten Schaufel aus dem Gestänge. Er wechselte das vordere, breite Gerät gegen ein schmales, kleineres aus. „Clever!" entfuhr es Joachim. „Damit kommt er schneller und wesentlich tiefer in den Boden!" Andreas ging ins Haus, er wollte sich einen Kaffee holen, als ihn Maria am Arm festhielt. Sie legte den Zeigefinger ihrer rechten Hand auf seine Lippen und schlich vorsichtig durch den Flur, ohne Licht zu machen. Andreas zog sie am Arm mit. Er wusste nicht, was sie vorhatte, folgte aber freiwillig. Bald hatten sie die hintere Gartentür erreicht und hörten ein leises Flüstern. Vorsichtig schaute Andreas um die Ecke. Da stand ein junger Beamter, der abgewandt mit vorgehaltener Hand in sein mobiles Gerät hauchte. Andy nickte seiner Freundin zu und beide zogen sich diskret wieder zurück. In der Küche schloss er schnell die Tür: „Das ist ein Maulwurf, da wette ich drauf!" Maria sah ihn unverständlich an. „A mouse? What mouse? "Andreas schüttelte den Kopf: „That is a mole! He gives inside information to somebody. I love you, but be quiet about it!" Maria nicke und er nahm ihren Kopf in beide Hände: „Danke! Vielen Dank. Jetzt erklärt sich einiges!" Er drückte die Taste des Automaten: „Auch ein Kaffee?" fragte er sie, während die Maschine leise surrend sein bestelltes Heißgetränk zusammenbraute. Sie schüttelte den Kopf. „Sei vorsichtig, das ist kein Kinderspiel!" sagte er eindringlich zu ihr und sie nickte heftig, küsste ihn und lief die Treppe herauf. Als die Tasse gefüllt war, nahm er eine Untertasse und ging zurück in den Garten. Als sie um das ausgehobene Loch standen, der Bagger war ausgeschaltet und stand etwas abseits, schlich sich unbemerkt von den anderen, der verdächtige Beamte wieder zu der Gruppe zurück. Joachim kam gerade wieder mit dem Kopf hoch. Er war als erster mit Overall, Latexhandschuhen und Gummistiefeln, an der Leiter heruntergeklettert und hielt nun seine ausgestreckte Hand hoch. „Zwei Männer mit Spaten! Ab hier müssen wir vorsichtig weitergraben. Zur Bestätigung hob er ein verklebtes Etwas in die Höhe. Es sah wie ein Stoffrest aus. Nach dreißig Minuten hatten sie Gewissheit und die Spurensicherung nahm ihre Arbeit auf. „Welche Möglichkeit haben wir, um an ihre DNA zu kommen?" Joachim stand neben Andreas und flüsterte ihm ins Ohr. Der Hausherr nickte und folgte ihm ins Haus. Als sie in der oberen Etage waren, ging Andreas ins Badezimmer der Hausdame. Jetzt rächte sich die Sauberkeit der alten

Frau, denn weder in ihrem Kamm, noch am Lockenstab fanden sie verwertbare Spuren. „Wir nehmen alles mit. Gibt es hier keinen Föhn?" Andreas nickte und öffnete den kleinen Schrank unter dem Waschbecken. Beide bückten sich und verstauten sämtliche persönlichen Gegenstände in den mitgebrachten Papiertüten. „Ich hab auch eine Tragetasche, da können wir alles verstauen!" Andreas meinte es gut, aber sein Freund schüttelte den Kopf. „Falsch, Andy! Der Kontakt mit Plastik kann die Werte verwischen!" Er sah das unschlüssige Gesicht seines Freundes und wiederholte: „Das haben wir schon auf der Polizeischule gelernt, wirklich!" Andreas stand auf und ging in den Flur. Er horchte hinunter und als er nur die leise Musik aus Marias Zimmer hörte, kam er schnell zurück und zog die Tür hinter sich wieder ins Schloss. „Das ist es nicht!" Joachim stellte die Tüten in eine Ecke und schaute ihn an: „Andreas, ich merke, dass dich etwas bedrückt! Ich weiß, es ist schwer zu verstehen. Dass wir im Brunnen die vermisste Adele vermuten!" Andreas schüttelte erneut den Kopf: „Du bist auf dem Holzweg, Hauptkommissar!" Jetzt schaute der Beamte verblüfft: „Erzähl!" forderte er ihn auf und Andy flüsterte ihm leise zu, was Maria und er eben gesehen und gehört hatten. „Bist du dir deiner Beobachtung ganz sicher? Es ist schwer zu glauben, dass . . . " Andreas fiel ihm ins Wort: „Du hast mich gefragt! Sei still! Sag nichts! Beobachte ihn einfach, O.K.? Dann wirst du sehen, ob wir Recht hatten!" Er ließ den Beamten stehen und ging alleine zurück in den Garten. Der Bagger war schon auf dem Tieflader und die Spurensicherung hatte mit den aufgestellten Strahlern die Dämmerung in grelles Licht getaucht. Sie arbeiteten die ganze Nacht.

Kapitel 6

Am nächsten Morgen saß Andreas mit seiner Maria noch gemütlich beim Frühstück, als es überraschend an der Haustür klingelte. Sie erwarteten heute niemanden und ein Auto hatten sie auch nicht gehört. Selbst Lotte rührte sich nicht. Maria wollte zur Tür gehen, aber Andreas hielt sie fest. „Ich gehe! Du bleibst hier!" Vorsichtig schaute er durch den kleinen Spion, der in Augenhöhe angebracht, vor bösen Überraschungen schützen sollte. Joachim stand draußen. Andy öffnete die Tür: „Hättest du etwas gesagt, oder angerufen, dann . . . . . ." Jockel drängte ihn zurück in den Flur. „Pst! Schließ die Tür!" Andreas tat, wie sein Freund ihm gesagt hatte und der Beamte ging sofort unaufgefordert ins Wohnzimmer. Maria stand freundlich lächelnd auf: „Auch einen Kaffee?" Joachim nickte und murmelte ein: „Morgen, Maria!" Dann setzte er sich an den gedeckten Tisch und wartete, bis der Hausherr neben ihm saß. „Hat das nicht Zeit bis Morgen? So wichtig?" Joachim griff nach seiner Hand: „Erstens, es ist Adele. Ihr fehlen tatsächlich an jeder Hand zwei Finger und zweitens . . ." er stockte, denn es viel ihm schwer, seinem Freund diese Neuigkeit mitzuteilen. „Was kann noch schlimmer sein?" fragte er, als Maria mit einer weiteren Tasse zu ihnen kam. Als er nicht weiter reden wollte, sah Andreas ihn an: „Du kannst auch in ihrem Beisein reden! Sie hat mich schließlich auf deinen seltsamen Kollegen aufmerksam gemacht! Du kannst unbesorgt sein. Es geht um den Neuen, richtig?" Joachim nahm einen Schluck von dem heißen Getränk und die wohltuende Wärme breitete sich in seinem Magen aus. „Schlimm, schlimm! Wieso haben wir ihn vorher nicht richtig überprüft!"

Andy wollte ihm nicht jedes Wort aus der Nase ziehen und schaute ihn erwartungsvoll an: „Es geht um unsere Sicherheit! Jetzt erzähl schon!" Der Hauptkommissar legte seine Erkenntnisse auf den Tisch. „Wenn der Polizeipräsident davon erfährt, bin ich so gut wie tot!" Andy schaute ihn an: „Na, na, so schlimm wird es wohl nicht werden. Schließlich hast du einen Nestbeschmutzer entlarvt!" „Wenn`s so wäre, das wäre schön. Aber ich habe keine Beweise dafür, außer euren Beobachtungen und der Erkenntnis, dass Kollege Walter Kramer seit drei Monaten eine neue Freundin hat, die wir hier vorher noch nie gesehen haben. Sie sieht wie ein Fotomodell aus und scheint sehr hohe Ansprüche an ihn zu stellen. Sie macht ihm finanziell schwer zu schaffen. Er ist regelmäßig im Kasino, woher er das Geld dazu hat, ist mir ein Rätsel! Deshalb hab ich auch mit Kommissar Bülow gesprochen. Sascha ist der Kollege aus der IT. Beim gemeinsamen Sportunterricht habe ich Kramer in ein Gespräch verwickelt, während Sascha sein privates, mobiles Telefon . . . . sagen wir mal, etwas aufgefrischt hat. Du hast mich auf diese Idee gebracht, als du von deinen Bedenken erzählt hast, den neuen Geräten aus verschiedenen Gründen nicht über den Weg zu trauen. Sascha gab dir sofort Recht. Er hat eine „APP" auf dem Gerät installiert mit dem wir ihn abhören können. Wir zeichnen alles auf: seine Gespräche, SMS und per GPS sogar seinen Standort. Ich hoffe, dass wir so etwas über seine illegalen Machenschaften erfahren und ihn damit überführen könnten!" Andreas schaute ihn an: „Könnten? Wieso nur könnten?" Joachim nahm ein halbes, belegtes Brötchen und biss hinein. Während er mit vollem Mund murmelte: „Weil das illegal ist! Deshalb. Wir werden nichts von den Erkenntnissen verwerten können! Was ist? Warum lächelst du darüber?" Andreas legte seine Hand auf Jockels Arm: „Beruhige dich. Wir können ihm gezielt eine Falle stellen und abwarten, wen er informiert, mit wem er sich trifft und so weiter. Ich finde diese Technik ganz toll!" Dann ergänzte er mit traurigem Gesicht: „Solange es mich nicht betrifft!" Joachim nahm einen weiteren Schluck Kaffee und hielt Maria seine leere Tasse hin. Sie stand auf und füllte sie, während der Hauptkommissar auf seinen Aktenkoffer zeigte. „Du musst mir einen Gefallen tun!" sagte er. „Ich hab ein Geschenk für dich!" Er setzte die gefüllte Tasse ab und nickte Maria dankend zu. Dann öffnete er die Klappe seines Koffers und entnahm ein offizielles Schreiben der Kreispolizeibehörde. Er reichte es herüber und Andreas überflog den Text: „Antrag auf Erteilung einer Erlaubnis nach dem Waffengesetz usw." Erstaunt sah er den Hauptkommissar an: „Ich habe seit dem Militärdienst keine Waffe mehr in der Hand gehabt, warum?" Joachim antwortete sofort: „Ich habe mit dem neuen Polizeipräsidenten vertraulich gesprochen und wir sind beide der Meinung, dass du nicht noch einmal von hier verschwinden solltest. Wir haben alles ausgefüllt. Du wirst als Mitarbeiter geführt, inoffiziell, natürlich. Das Modell der Pistole haben wir noch frei gelassen. Ich würde dir eine Heckler und Koch empfehlen. 16 Schuss, 9 mm, Polizeidienstwaffe. Das ist zu deinem und Marias Schutz. Verweigere dich nicht! Adele ist schon tot und wir können nicht überall sein!" Andreas hatte auch schon über eine solche Möglichkeit der Selbstverteidigung nachgedacht. Er nahm das Schreiben, las es ausführlich durch und setzte zum Schluss seinen Namen darunter.

„Muss ich jetzt in ein Geschäft gehen und mir die . . . . . " weiter kam er nicht, denn Joachim legte einen kleinen Karton auf den Tisch. „Ach ja!" ergänzte er, „Hier ist noch die passende Schultertasche dazu. Andreas hob den Deckel und nahm die Pistole aus dem Seidenpapier. „Wir haben jeden ersten Mittwoch eines Monats 17.ooh im Keller des Präsidiums Schießunterricht. Du bist dazu eingeladen!" Andy nahm ehrfurchtsvoll die Kurzwaffe in die rechte Hand und achtete strikt darauf, dass der Lauf nicht gefährdend auf eine Person zielte. Den Zeigefinger legte er dabei ausgestreckt parallel neben den Lauf: „Ich weiß nicht recht", zweifelte er immer noch, obwohl ihn der persönliche, kleine Beschützer doch reizte. „Willst du einen Revolver?" Steffenson schüttelte den Kopf: „Ich meine, überhaupt. Der Wehrdienst ist zwanzig Jahre her." „Eben! Deshalb sollst du auch zum Schießen kommen und dich an deinen neuen Freund gewöhnen. Munition liegt dabei." Maria kam ins Zimmer und blieb starr an der Tür stehen: „Du hast eine Waffe?" fragte sie und Andy packte das Schießeisen wieder in den Karton. „Maria, wir sind nicht auf einem Spielplatz! Die Männer, die meine Hausdame vorher gefoltert haben, sind gefährlich! Sehr gefährlich sogar! Ich werde nicht tatenlos zusehen, wenn sie versuchen sollten, dich in ihre Gewalt zu bringen!" Sie lief auf ihn zu und presste sich in seine Arme: „Sollen wir nicht besser wieder zurückfliegen?" Ein müdes Lächeln fuhr über sein Gesicht: „Ich werde nirgendwo mehr vor ihnen sicher sein! Auch nicht in deiner Heimat, in der Karibik! Hier haben wir die Unterstützung der Kriminalpolizei. Auf deiner Insel sind wir ihnen hilflos ausgeliefert. Wir ziehen das jetzt hier durch. Ich muss wissen, wo dieses verdammte Geld geblieben ist!"

Kapitel 7

Sascha Bülow war zufrieden: „Ich habe das Gerät orten können. Es ist ein Prepaid-Handy. Das ist ein Volltreffer, denn sowohl der Kaufauftrag, als auch die Anmeldung liefen auf den Namen und die Adresse eines Verstorbenen. Ich habe das mobile Telefon orten können und in meinem System abgespeichert. Sobald unser „netter Kollege" anruft oder eine SMS schreibt, bin ich mit dabei, ohne dass er davon erfahren könnte. Der Empfänger befindet sich im Augenblick in einem noblen Hotel an der Binnenalster in Hamburg. Unser Maulwurf gibt täglich unseren Ermittlungsstand an diese Nummer weiter, wir sind im Nachteil!" Joachim schaute auf. Er war in seiner Mittagspause zu dem helfenden Kollegen der IT-Abteilung gegangen. Bülow war der einzige Vertraute, dem er von Steffenson`s Verdacht erzählt hatte. Der war danach sofort tätig geworden und hatte gute Arbeit geleistet. „Wir werden ihn mit falschen Daten füttern. Ich schreibe einen fiktiven Bericht an meinen Chef und bitte Kramer dann, das Schreiben für mich im Computer einzugeben." Sascha verdrehte die Augen. „Auf so einen plumpen Trick fällt der nicht rein. Ich habe eine bessere Idee. Du wirst Einzelgespräche führen. Nach der täglichen Einsatzbesprechung hältst du ein paar Beamte zurück und verteilst gesonderte Aufgaben an sie. Dabei kannst du ihm dann zum Schluss, wenn ihr alleine seid, eine Arbeit oder Information zukommen lassen, die nicht stimmt. Das wirkt für ihn glaubhafter!" Joachim sah das ein und nickte: „Die Idee ist besser. Wie machen wir das jetzt mit den beiden Handy-Überwachungen? Wir bewegen uns auf ganz dünnem Eis!" Kommissar Bülow rückte ein wenig von dem Schreibtisch zurück und drehte sich zum Schrank. Er nahm einen Ordner, klappte ihn auf und lächelte: „Aber es macht einen riesigen Spaß, findest du nicht? Jetzt sind wir immer über seine Tätigkeiten im Bilde." Hauptkommissar Kröger tippte sich an die Stirn: „Sascha, erinnerst du dich daran, wie wir versucht hatten die „M.S.Golem" zu durchsuchen, bevor sie mit den falsch deklarierten Containern von Pier 13 im Fischereihafen von Bremerhaven ablegte?" Kommissar Bülow zog seine Stirn kraus: „Mann oh Mann, das ist aber schon Jahre her!" Joachim ließ sich nicht beirren: „Aber es sind die gleichen Gangster, die wir damals nicht fassen konnten." Er strich sich gedankenverloren durch die Haare. „Du weißt schon, was du Kramer sagen willst, stimmt`s?" Joachim nickte: „Ich werde ihm, im strengsten Vertrauen, versteht sich, von einer erneuten Razzia des Hafengebietes erzählen. Mein Mitarbeiter, der den Chemiekonzern überwacht, hat von einer neuen Lieferung in den Nahen Osten erfahren. Ein Termin steht zwar noch nicht fest, aber wir werden damit Staub aufwirbeln. Wenn wir Glück haben sogar an die Hintermänner kommen. Wenn nichts passiert, so haben wir damit auch nichts riskiert." Sascha nahm ein Blatt Parier und einen Stift: „An welchem Datum und zu welcher Uhrzeit willst du ihm den angeblichen Einsatz mitteilen?" Joachim nahm seinen Kalender und notierte, während er die Daten vorlas. „Nächsten Freitag, 13.ooh, Pier 13!" Sascha nickte und Joachim verabschiedete sich, denn seine Pause war vorbei. „Lass mich wissen, was er davon weitergibt!" Er ging zum Fahrstuhl und fuhr zurück in sein Büro. Direkt nach dem Wochenende würde er dem vermeintlichen Maulwurf den Köder anbieten.

Kapitel 8

Steffenson hatte zum zweiten Mal seine Freundin mit zum Schießstand genommen. Auch sie sollte für den absoluten Notfall die Fähigkeit haben, mit einer Waffe wenigstens umgehen zu können. Seine Trefferquote verbesserte sich von Woche zu Woche ein wenig, denn er kam jetzt regelmäßig und übte den Umgang mit der neuen Pistole. Seine dunkelhäutige Freundin war darin ein Naturtalent. Sie traf schon beim ersten Mal auf Anhieb die inneren Kreise der Scheibe, während er sich mit jedem Schuss langsam vom Rand der Sperrholzplatte zum Zentrum vorarbeitete. Lächelnd erklärte sie ihm: „Mein Papa kommt aus Mexico. Er hat mir schon früh gezeigt, wie man mit einem Revolver umgeht. Die Pistole hat lange nicht so einen kräftigen Rückstoß wie seine Waffe. Die hier liegt viel besser in der Hand." Er schaute Maria von der Seite an, denn ein weiterer Traum hatte ihn nervös gemacht. Man hatte sie entführt und damit gedroht, ihr etwas anzutun, wenn er nicht das verschwundene Geld herbeischaffen sollte. Dieses verdammte Geld! Wie hoch war die Summe und wieso glaubte irgendwer, dass er im Besitz der vermeintlich verschwundenen Beute wäre. Seit diesem letzten Traum begleitete er seine Freundin und beschützte sie, so gut er das vermochte. Nach dem Schiessen nahm er Maria mit in das Büro von Sascha Bülow. Joachim hatte ihm gesagt, dass er heimlich Beweise beschaffen wollte und mit ihnen zusammenarbeitete. Nachdem er Maria vorgestellt hatte, bat er den IT-Spezialisten, zusammen mit ihm noch einmal die alten Akten durchzugehen, denn aus verständlichen Gründen hatte er damals nichts mehr einsehen können. „Joachim kommt regelmäßig in seiner Mittagspause zu mir. Ich rufe ihn an, damit er dir die erforderlichen Abschlussberichte mitbringen kann, denn die lagern im Archiv." Andy schaute auf seine Armbanduhr: „Wann hat er Pause?" fragte er und Sascha antwortete lächelnd, während er schon die Nummer wählte: „In einer viertel Stunde! Wollt ihr einen Kaffee?" Nach einer halben Stunde kam Joachim und hielt freudestrahlend mehrere Blätter Papier in der Hand: „Kopien! Aber behandle sie vertraulich, sonst komme ich in Teufels Küche!" Andreas nahm die Dokumente an sich und blätterte sie flüchtig durch: „Du kennst mich doch." Sofort setzte sich Joachim auf den Stuhl neben Sascha und schaute ihn erwartungsvoll an: „Und? Was Neues?" Kommissar Bülow blickte kurz zur Seite und hob unsicher die Schultern. „Kannst ruhig über alles reden! Sie weiß Bescheid." Jetzt tippte der Computerexperte verdeckt sein Passwort in die Tastatur und mit wenigen Klicks war er im gewünschten Programm: „Da, sieh! Er hat deine Nachricht tatsächlich weitergegeben! Jetzt wird bald eine Reaktion kommen!" Ein Lächeln huschte über die Gesichter der Beamten: „Ein klasse Plan war das!" entfuhr es Stehler und er atmete tief durch und drehte sich zu den unerwarteten Gästen um: „Das ist nur eurer Aufmerksamkeit zu verdanken. Wir hätten nicht im Traum daran . . . ." er unterbrach seinen Satz als er merkte, dass Steffenson ihn mit krauser Stirn ansah. „Entschuldigung, das sagt man so! Ich habe dabei nicht an deine Träume gedacht! Ich wollte dir nicht zu nahe treten." Andreas nickte verständnisvoll. Jetzt hatte Joachim den Faden verloren und er kam auf ein anderes, belangloses Thema.

Kapitel 9

„Kumaron ist in der Halle! Hast du ihn hierherbestellt?" Grassow rief mit dem zugehaltenen Hörer des Telefons durch die offenstehende Tür herüber zu seinem Partner, der im benachbarten Zimmer an seinem Notebook saß. Alexander Swens, auch Nr. 2 genannt, antwortete sofort: „Der soll sich doch bei uns nur melden, wenn er etwas Wichtiges zu berichten hat, dieser Tölpel." Dann fragte er leise: „Wer ist da am Hörer?" Grassow antwortete nicht darauf, sondern beendete leise sein Telefonat und ging danach in das angrenzende Zimmer. „Heinz von der Rezeption war dran. Er hat uns angerufen und hält ihn solange unten fest. Ich werde runtergehen und fragen, was Boris will." Swens nickte und tippte weiter auf der Tastatur. „Rede ihm noch einmal ins Gewissen", sagte er dabei, ohne noch einmal aufzuschauen. „Ich will nicht, dass wir wegen Nichtigkeiten auffliegen. Es steht zu viel auf dem Spiel. Er hat doch einen eindeutigen Auftrag!" Grassow steckte neben der glänzenden Schiebetür den Schlüssel ins Schloss und drehte ihn halb nach rechts. Er forderte damit den Lift an, der normalerweise nicht bis zum Penthouse in der 15.Etage fuhr. Im Aufzug drehte er sich noch einmal zu seinem Partner um, der ihm den Rücken zugewandt, den erhellten Bildschirm studierte. Die Schiebetür schloss sich und lautlos glitt der Lift nach unten. Er schaute auf die grün, blinkenden Zahlen, die zurückzählend die passierten Stockwerke anzeigten. Ein dezenter Klingelton ließ nun auch akustisch bei „E" erkennen, dass der Lift im Foyer angekommen war. Die Stahltüren fuhren wieder auseinander. Er ging in die Lobby, dabei schaute er zum Hotelangestellten, der mit einer fast unmerklichen Kopfbewegung zur Hotelbar deutete. Die Nr. 1 nickte dankend, teilte den schweren Samtvorhang auseinander und ging in den halbdunklen Raum, in dem dezente Klaviermusik zu hören war. Kumaron saß auf einem Barhocker und flirtete ungeniert mit der brünetten, vollbusigen Bedienung. Sie schaute kurz auf und verstand den eindeutigen Blick des Hotelgastes sofort und entfernte sich schnell. Boris drehte sich nun in seine Richtung. „Setzen Sie sich, Chef!" sagte er freundlich und war verwundert, dass ihn der Angesprochene ignorierte und stattdessen dem Barkeeper zuflüsterte: „Ein Cappuccino, Patrick, wie immer!" Dann folgte ein knapper Wink zu Boris, mit der Aufforderung, ihm zu folgen und sie verschwanden in einem abgetrennten Separee. Grassow setzte sich in einen mit rotem Plüsch bezogenen Sessel, zog den kleinen Glastisch näher heran und zeigte auf den zweiten Sessel, der ihm gegenüber stand. Als Boris Platz genommen hatte, teilte sich der Vorhang und der aufmerksame Kellner brachte sowohl das Glas Mineralwasser von Boris, wie auch das bestellte Heißgetränk für den Hotelgast. „So wichtig, dass du den vereinbarten Weg nicht einhalten kannst?" fragte er und rührte das Tütchen Zucker in die dampfende Tasse. Boris wurde nervös. „Chef, die Info, die Sie mir zukommen ließen, kann nicht stimmen." flüsterte er. Grassow hörte auf zu rühren und schaute ihn an. Seine Augen hatten sich zu schmalen Schlitzen verengt: „Weiter!" sagte er und fixierte seinen Gegenüber wie die Kobra ein gestelltes Kaninchen. Boris stotterte: „Wir haben auf die Schnelle alle Beweise, sogar selbst die Container verschwinden lassen. Aber es ist nichts passiert! Die Information war falsch. Sind Sie sicher, Chef, dass unser Mann von einer Razzia im Hafen gesprochen hatte?" Grassow antwortete nicht darauf. Er überlegte nur kurz, dann sagte er: „Da ist etwas faul! Hol ihn ab und bring ihn in die alte Werkshalle. Ich werde ihm etwas auf den Zahn fühlen. Wehe, wenn er uns reingelegt hat. Geh jetzt, ich will ihn Morgen befragen, sagen wir so gegen 18.ooh. Ihr könnt ihn ein wenig vorbehandeln, aber er muss noch in der Lage sein, unsere Fragen zu beantworten." Boris stand auf, nickte erleichtert und ging. Grassow genoss noch in Ruhe den Cappuccino und machte sich einen ersten Plan, wie er herausfinden konnte, warum er diese falschen Informationen, trotz guter Bestechung von dem korrupten Beamten bekommen hatte. „Der wird mich nicht noch einmal hintergehen!" murmelte er, stand auf und zeichnete an der Bar die dargebotene Rechnung ab. Dann legte er einen Schein als Trinkgeld dazu, der schnell und kaum zu sehen in der Tasche des Kellners verschwunden war. Er ging zum Fahrstuhl. Surrend hielt der Lift kurz darauf wieder in der Suite und Grassow ging nachdenklich in sein Zimmer: „Was wollte er?" rief Alexander ihm zu. Er antwortete darauf nicht, sondern sagte nur: „Wir disponieren um. Morgen werden wir Mr. X in die Mangel nehmen, der scheint uns zu verarschen!" Er ging in sein abgetrenntes Appartement, zog sich aus und stand bald unter die Dusche. Er drehte das eiskalte Wasser auf und ließ es sprudelnd über seinen Körper laufen. Er musste einen klaren Kopf bekommen.

Kapitel 10

„Können wir heute Abend bei dir vorbei kommen?" Stehler war in der Leitung, es schien eilig zu sein. „Ist es sehr wichtig?" wollte er wissen, jedoch war die knappe Antwort nur: „Nicht am Telefon, zwanzig Uhr?" Andreas war etwas verunsichert, bejahte schnell und beendete das kurze Telefonat. „Wir bekommen gleich Besuch!" sagte er und ging ins Wohnzimmer, um sich die täglichen Nachrichten anzuschauen. Es war 17.ooh. Als Maria eine halbe Stunde später nach ihm sehen wollte, saß Andreas mit einem Kissen im Arm entspannt in dem Ohrensessel. Er war eingenickt. Vorsichtig deckte sie ihn zu, nahm aus dem Flur die Hundeleine und machte mit Lotte diesmal ausnahmsweise alleine, den allabendlichen Spaziergang. Sie wollte Andy nicht wecken und ging mit der Hündin in den Garten. Der Hausherr schien zu ahnen, dass er alleine in der Villa war und wurde unruhig. Düstere Wolken zogen auf und sein vorheriger Traum kam wieder zurück. Sofort wurde er wach und schaute zum Kamin: „Lotte? Maria?" Wie lang konnte er eingeschlafen sein? Er rannte zur Tür, während er auf seine Armbanduhr schaute. Eine Stunde war seit den Nachrichten vergangen und er war alleine im Haus. Hatte er Maria nicht ausdrücklich davor gewarnt, die Villa zu verlassen? Es dämmerte schon und er rannte zurück in den Flur. Schnell wählte er die mobile Nummer seiner Freundin. Während er das Freizeichen hörte, klingelte es gleichzeitig in der Küche. Sie hatte ihr Handy nicht mitgenommen! Auch das noch! Wo war sie? Die Leine hing nicht im Flur, vielleicht war sie nur kurz mit dem Hund spazieren. Er konnte keinen klaren Gedanken fassen. Nicht auszudenken, wenn ihr etwas zustoßen sollte. Gerade, als er die Polizei anrufen wollte, hörte er den Schlüssel in der Haustür und kurz darauf rannte Lotte auf ihn zu. Maria stand im Flur: „War ich zu laut?" Andreas konnte nichts darauf erwidern. Sein Hals war wie zugeschnürt. Wortlos nahm er sie in die Arme und drückte sie fest an sich: „Mach das nie wieder, hörst du? Nie wieder!" Tränen liefen über sein Gesicht und Maria stand hilflos da. „Es ist doch nichts passiert!" sagte sie. Steffenson nahm ihre beiden Schultern und schaute sie eindringlich an: „Diesmal ist nichts passiert! Denk doch an meinen Traum. Ich will nicht, dass der zur Wahrheit wird!" Er atmete tief durch, hoffentlich hatte Maria endlich die Ernsthaftigkeit der Lage erkannt. Nach dem Abendbrot kam Maria ihm ins Arbeitszimmer nach. Er war gerade dabei, ein paar Bücher herauszuholen, die er unbedingt für die Recherche zu seinem neuen Roman brauchte. Vorsichtig schlag Maria ihre Arme um ihn und flüsterte leise: „Entschuldigung. Ich hab nicht darüber nachgedacht. Ich wollte dich schlafen lassen und da . . . " Andreas drehte sich um und legte seinen Zeigefinger auf ihre Lippen. „Ich weiß!" sagte er und ergänzte: „Du bist alles, was mir geblieben ist. Ich könnte es nicht ertragen, wenn dir etwas zustoßen würde. Du musst das verstehen. Das sind skrupellose Menschen, die vermuten, dass ich ihr Geld habe. Ich muss mich darauf konzentrieren, wer es haben könnte und wo es sein kann!" Maria lächelte: „Ich bin müde. Bis gleich!" sagte sie und verschwand im Bad. Andreas machte seinen Schreibtisch frei und legte unbeschriebene Zettel darauf. Dann ging er alles noch einmal durch, was mit der Ermordung seines Freundes aus dem Teufelsmoor zu tun gehabt hatte.

Kapitel 11

Kommissar Kramer hatte eben seine tägliche Nachricht an die angegebene mobile Telefonnummer per Kurznachricht abgesetzt, als es an der Wohnungstür klingelte. „Nanu? Sabine wollte doch heute zu ihrer Mutter fahren?" entfuhr es ihm halblaut und verwundert ging er durch den Flur. Ungeduldig spielte irgendeiner im Hausflur mit einem Dauerdrücken an dem Klingelknopf. Der späte Besucher schien sehr nervös zu sein. Ein letzter Kontrollblick musste sein. Kramer blinzelte durch den kleinen Türspion und sah für knapp fünf Sekunden draußen zwei dunkel gekleidete Männer, dann ging das Minutenlicht aus. „Im Flur mit Sonnenbrillen?" wunderte er sich, denn soviel hatte er in dem kurzen Augenblick gerade noch erkennen können. Da er die Männer noch nie gesehen hatte und es auch keine Kollegen von der Kripo sein konnten, schlich er vorsichtig zurück in den Flur. Draußen hörte er ein paar Wortfetzen, Russisch oder Polnisch, so genau hatte er die östlichen Sprachen noch nie auseinanderhalten können. Vorsichtig schaute er noch einmal durch die kleine Linse, aber es war immer noch alles dunkel. Nur die Glasfront im Treppenhaus warf einen schwachen Lichtschimmer auf die jetzt einsamen Stufen. Er eilte ohne Licht zu machen, in die Küche und schaute durch die Gardinen nach unten. Die beiden Männer wechselten gerade auf die andere Straßenseite, schauten noch einmal zurück zum Haus und stiegen dann schnell in einen schwarzen Geländewagen. Der Blickwinkel war zu steil, sonst hätte er unter der Laterne das Nummernschild ablesen können. Ohne Licht glitt der Wagen auf die Fahrbahn und entschwand in der

Dunkelheit. Wie sollte er sich jetzt verhalten? Wurde er kontrolliert? Von wem? Seiner Dienststelle konnte er unmöglich den Vorfall melden und seine Auftraggeber würden an ihm und seinen Informationen zweifeln, wenn sie das eben nicht gewesen waren. Oder ganz anders, diese zwielichtigen Typen, mit denen er sich eingelassen hatten, wollten ihn einschüchtern! Er hatte sich, so oder so in eine äußerst prekäre Situation gebracht. Ohne Licht zu machen, schlich er sich ins Wohnzimmer zurück und zog alle Vorhänge zu. Er nahm die Fernbedienung des TV-Gerätes, um sich zu entspannen. Gerade als er einschalten wollte, surrte sein mobiles Telefon. Das Display leuchtete hell auf: „Mein Junge. Muss dich unbedingt sofort sehen. Komm zur St. Stephani-Kirche in der Großen Straße, direkt an der Weser, Mutter!" Er schrieb seine brisanten Nachrichten immer als „Sohn" und bekam seine Aufträge immer unter dem Decknamen „Mutter", um angeblich unbefangen als deren Informant mit ihnen zu kommunizieren. Kramer sprang auf, nahm seine Jacke und verließ die Wohnung. Auf der Straße vor dem Haus warteten sie bereits auf ihn. Er bemerkte den geschlossenen Lieferwagen zu spät. Eine Flucht war unmöglich. Die seitliche Schiebetür war geöffnet und er wurde von starken Armen hineingerissen. Während der Wagen anfuhr, wurde die Tür ins Schloss geworfen. Im Abendverkehr tauchte der Kleinlaster unter, von der Entführung hatte in der einsamen Nebenstraße niemand etwas bemerkt. Nur einer wusste, dass Kramers Mutter schon seit fünf Jahren tot war, gleichermaßen durch diese Nachricht aufgeschreckt musste er schnell handeln:
IT-Spezialist Oberkommissar Bülow, der jede Nachricht des verdächtigten Maulwurfes mitlas.

Kapitel 12

„Joachim? Entschuldige die späte Störung, aber Kramer ist gerade in die Kirche in der „Großen Straße" bestellt worden. Kannst du dir daraus einen Reim machen?" Bülow hatte sein Tablett auf dem Schoss und fuhr mit dem rechten Zeigefinger über die glatte Oberfläche. Bevor Stehler etwas sagen konnte, ergänzte Bülow: „Das ist aber seltsam!" „Was ist seltsam?" rief er in den Hörer und bekam die Antwort: „Er hat es nur bis vor sein Haus geschafft, dann konnte ich sein Handy nicht mehr orten!" „Behalte das im Auge behalten", antwortete Stehler, dann kam ihm eine Idee: „Was anderes! Kennst du die Adresse von Steffenson?" Die Antwort kam prompt: „Du meinst die Villa, am Stadtrand von Dibbersen?" Joachim atmete auf: „Genau die! Komm heute Abend mit deinen Unterlagen dort hin. Ich hab um 20.ooh mit ihm eine Verabredung. Es wäre gut, wenn du dann auch dabei bist!" „In Ordnung, ich komme! Bis gleich!" Sascha legte auf und schaute auf seine Uhr. Noch eine Stunde, das konnte er spielend schaffen. Er nahm sein Tablett, zog die Jacke an und ging in die Garage. Kurz darauf fuhr er mit dem sportlichen Zweisitzer vom Ostertor kommend über die Weserbrücke und bog dann ab, in Richtung Weyhe. Bei Leeste nahm er die Landstraße nach Kirchweyhe und bald darauf erschien schon das Ortsschild von Dibbersen. Er hätte auch Taxifahrer werden können. Derweil war Joachim schon angekommen und erklärte Andreas noch auf der Treppe, dass auch Sascha mit wichtigen Neuheiten in ein paar Minuten hierher kommen würde. „Wir haben Anlass zu der Annahme, dass deine Villa verwanzt wurde!" flüsterte er und legte zur Bestätigung seinen Zeigefinger auf die Lippen. Dann begrüßte er laut im Flur seinen Gastgeber, während er das mitgebrachte, kleine Gerät einschaltete. Dann erklärte er leise: „Wir wissen noch nicht, wo sich Mikrophone verbergen!" Er regelte den hellen Pfeifton so ein, dass er nicht mehr zu hören war. Nur Lotte schien die unangenehmen Töne noch wahrzunehmen, denn sie rannte jaulend in den Keller. „Rede ganz normal so weiter, als würde ich neben dir stehen", flüsterte Joachim und machte in kurzen Abständen von der Wand kreisende Bewegungen, die jedoch auf der Skala keinen Ausschlag anzeigten. Er nickte und ging in den nächsten Raum. „Wo steht dein Telefon?" war die leise Frage. Andreas zog ihn am Arm ins Wohnzimmer und zeigte auf die kleine Konsole. Je näher sie in den Raum kamen, umso heftiger schlug der schwarze Zeiger um sich. Stehler nickte zufrieden, setzte sich und nahm das Telefon auf den Schoß. Die Türklingel ertönte und kurz darauf kam Sascha ins Zimmer: „Hallo, ihr werdet es nicht . . ." er stutzte. „Was ist? Hab ich was falsch gemacht? Komme ich zu spät?" Joachim zischte ihn an und zeigte auf das Telefon und dann auf seinen technischen Freund, der jetzt mit Dauerton und heftigem Ausschlag reagierte. Sascha nickt und zeigte auf seine Brust. Er war mit solchen Abhörmethoden natürlich noch besser vertraut und bekam sofort den Hörer, den er vorsichtig auseinander schraubte. Eine winzige Platine, verbunden mit einem kleinen Draht fiel heraus. Sascha nahm das kleine Teil und ging damit in die Küche. Er ließ sich einen Plastikbecher geben, füllte ihn mit Wasser und warf es hinein. Joachim war ihm gefolgt, während Andreas fassungslos im Wohnzimmer vor seinem Telefon stand. „Kannst du mir erklären, wann das hier angebracht wurde?" rief er in die Küche und sofort bekam die knappe Antwort: „Sei ruhig, das muss nicht das einzige Mikro gewesen sein." Bedrückt verzog er sein Gesicht, nahm Maria in den Arm und ging mit ihr die Treppe hoch ins Arbeitszimmer. Sollte vielleicht sein Klapprechner auch infiziert sein? Er nahm das Gerät vom Netz und bat seine Freundin, ihm einen Cappuccino aus der Küche zu holen. „Gib das Joachim oder Sascha. Sie sollen den Rechner auch überprüfen." Maria küsste seine Stirn und ging mit dem Laptop wieder die Treppe herunter, während Andreas im Ledersessel Platz nahm. Er schüttelte den Kopf, denn er konnte nicht begreifen, wie nah man ihm selbst in seiner eigenen Villa schon gekommen war. Wenn die Unbekannten einen Schlüssel zu seiner Villa hatten? Nicht auszudenken! Er hörte, wie seine Freundin wieder hochkam und öffnete ihr die Tür. Sie trug vorsichtig den Rechner, auf dem die Tasse mit seinem bestellten Kaffeegetränk stand. Vorsichtig nahm er ihr die Sachen ab und schaute erwartungsvoll in ihr Gesicht. „Der Rechner ist sauber, hat Oberkommissar Bülow gesagt, aber er will jetzt unsere mobilen Telefone prüfen." Steffenson griff sofort in seine Tasche: „Soll er! Haben die beiden denn noch ein Mikro finden können?" Sie nahm sein Handy und antwortete: „Bisher war im Telefon das einzige!" Maria ging zurück zu den Beamten in der unteren Etage. Ein weiteres Mikrophon wurde tatsächlich trotz intensiver Suche nicht gefunden. Auch die mobilen Telefone waren unverdächtig. Es blieb die unbeantwortete Frage, wie die Wanze in das Telefon gekommen war.

Kapitel 13

Kommissar Kramer hatte die Augen verbunden, den Mund mit Klebeband fixiert und seine Hände auf dem Rücken gefesselt. Er versuchte auf der Ladefläche des fahrenden Transporters sitzend, sich unterschiedliche Geräusche einzuprägen. Jedes Mal, wenn der Wagen hielt und anschließend wieder anfuhr, zählte er die Sekunden, denn so könnte er vielleicht herausfinden, welche Ampelanlage oder welche Straße sie gerade befuhren. Das Auto wurde langsamer und bog scharf rechts ab. Er musste sich mit dem Rücken fest gegen den Sitz pressen, um nicht umzufallen. Dann ging der Motor aus und er hörte die Schiebetür. Hart wurde er an den Schultern hochgerissen und wortlos auf dem Wagen gezerrt. Seine Beine konnten kaum Schritt halten, als er nach endlosen Stufen in irgendeinen Keller gebracht, endlich auf einen Stuhl gezwungen wurde. Er hatte keinen Zweifel daran, dass ihn seine Auftraggeber in eine Falle gelockt und hierher verschleppt hatten. Es mussten die gleichen Männer gewesen sein, die er vor Tagen kurz in seinem Hausflur gesehen hatte. Was hatte er falsch gemacht? Gleich würde er eine Antwort darauf bekommen, denn er hörte, wie ein paar Männer leise miteinander redeten. Durch einen wuchtigen, unerwarteten Schlag gegen den Kopf verlor er das Gleichgewicht und stürzte mit dem Stuhl zur Seite um. Jetzt erst fühlte er, dass man ihn an den Sitz gefesselt hatte. Stöhnend versuchte er, das Klebeband vor seinem Mund mit der Zunge wegzudrücken, als er auch schon einen kräftigen Tritt in die Magengegend bekam. Er verlor das Bewusstsein, bevor ihm eine Erklärung gegeben wurde. Mit einem

Eimer Wasser ins Gesicht geschüttet, kam er wieder zu sich. Er saß auf dem Stuhl und ein grelles Licht blendete ihn. Die Arme waren noch an den Sitz gefesselt, aber die Augenbinde und der Mundknebel waren entfernt worden. Eine unbekannte Stimme beleidigte ihn: „Du linke Ratte! Was glaubst du eigentlich, wofür du bezahlt wirst?" Das helle Licht stach in seine Augen. „Ich verstehe nicht!" antwortete er und kassierte dafür wieder einen Schlag ins Gesicht. Sein Mund füllte sich mit Blut, das er teils herunterschluckte, teils herauslaufen ließ. Sollte er noch einmal eine Frage stellen und dafür Prügel einstecken? Er entschied sich dafür, zu schweigen. „Eine Razzia im Hafen . . . . . soso!" erklärte die unsympathische Stimme wieder. „Das hat uns viel Geld und Nerven gekostet und wofür? Für eine Fehlinformation! Du hast uns reingelegt! Wir brauchen einen vertrauenswürdigen Mann, der uns echte Daten liefert. Was hast du damit bezweckt? Hat dir das dein Chef befohlen, damit du aus der Sache herauskommst? Du bist ein naiver Dummkopf!" Kramer war sich so sicher gewesen, als ihm sein Chef diese Razzia angekündigt hatte. Er sollte sich mit keinem anderen Kollegen darüber austauschen, denn . . . . . jetzt konnte er klar sehen. Er wusste zwar nicht wie, aber er war enttarnt worden. Man hatte ihn in eine Falle gelockt und ausgeliefert. Wer konnte dahinter stecken? Bei der Aktion in der Villa war es für ihn leicht gewesen, die Wanze im Telefon zu platzieren. Sie funktionierte einwandfrei, das hatte man ihm per SMS sofort danach bestätigt. „Ich werde herausfinden, wo Steffenson das Geld hat, bitte! Nr. 1 Sie müssen mir noch eine letzte Chance geben!" Die knappe Antwort war: „Der Chef ist nicht hier! Wir werden dich zum Reden bringen!"

Kapitel 14

„Weiß einer, wo Kollege Kramer ist? Zuhause meldet sich niemand und hier ist er auch noch nicht gesehen worden. " Bei der morgendlichen Besprechung standen die Beamten im Zimmer des Einsatzleiters und nur Stehler ahnte, dass etwas passiert sein musste. Als die Aufgaben verteilt waren, ging er zu Bülow. Schon als er sein Büro betrat, sprang Sascha auf und verschloss die Tür hinter ihm: „Was jetzt?" fragte er und fuhr ergänzend fort: „Ich habe gestern Nacht sein Handy für eine Stunde orten können. Danach war es vom Netz." Stehler war noch nicht zu Wort gekommen: „Du weißt es also schon? Kramer ist nicht zum Dienst erschienen. Welcher Sendemast hatte ihn zuletzt angepeilt?" Sascha tippte ein paar Informationen in den Rechner und es erschien eine Landkarte von Bremen. Er vergrößerte den blinkenden Punkt, der den Nordwesten zeigte. Unterhalb des Friedhofes in Walle waren neben der Bahnstrecke ein paar Fabrikgebäude. Hier war der letzte Impuls gesendet worden, bevor der Empfang endgültig verloschen war. Resigniert schauten die beiden sich an: „Das habe ich nicht gewollt!" sagte Stehler. „Wir müssen da hin, aber wie soll ich das jetzt erklären?" Sascha grinste, nahm ein Prepaid-Handy aus der Schublade und wählte die Nummer des Freundes. „Heb ab und leg es einen Augenblick auf den Tisch! Die Länge des Gespräches muss mindestens ein Minute betragen." Stehler verstand seinen Freund nicht und schaute ihn an. Der erklärte: „Ein anonymer Anruf hat dich erreicht. Ihr sollt dahinfahren, denn es scheint um deinen Kollegen zu gehen, klingelt es?" Er nahm das Handy seines Freundes, beendete das angebliche Gespräch und gab ihm das mobile Telefon zurück: „Geh zu deinem Chef! Ihr müsst eine Spur verfolgen. Ein dir unbekannter „Informant" hat dich gerade angerufen!" Sascha hatte schnell und richtig reagiert. Beide sahen darin nun die einzige Möglichkeit, nachzuforschen, was geschehen war. „Ich melde mich!" sagte Stehler und ging zurück. Er ging sofort zu seinem Leiter: „Chef, ich habe da eben einen Anruf auf meinem Diensthandy gehabt!" Wie erwartet sollte man diese neue Spur sofort verfolgen. Der geschickte Plan von Sascha war voll aufgegangen. Eine halbe Stunde später saß er neben seinem Kollegen im Polizeiauto. Sie fuhren mit eingeschaltetem Blaulicht hinter den Kollegen her. Sie ließen den Europahafen links liegen und waren auf der Nordstraße schnell in Walle. Keiner wunderte sich darüber, dass Stehler auf den Meter genau die Stelle kannte, von der er „angerufen" worden war. Die Beamten suchten jedes Gebäude ab und wurden tatsächlich in einem leerstehenden Schuppen fündig. Die geübten Kriminalaugen hatten den Stuhl, die Klebestreifen, eine starke Leselampe und Blutspuren gefunden. Die Forensik brachte kurze Zeit später das eindeutige Ergebnis. Es war die DNA des Kollegen Kramer, der jedoch nicht aufzufinden war. Die Beamten waren tief betroffen, dass einer aus ihren Reihen möglicherweise das Opfer eines Verbrechens geworden war. Nur Stehler ahnte, dass dessen kriminelle Auftraggeber dahinter stecken mussten. Er konnte die heimlich überwachte Handynummer nicht preisgeben, noch nicht. Vier Wochen später wurde im Hafenbecken eine bis zur völligen Unkenntlichkeit verstümmelte, aufgequollene Leiche gefunden. Sie musste mit einem Drahtnetz aus dem Wasser gehoben werden, da die hellen, flockig wirkenden Gliedmaßen sonst total zerfallen wären. Obwohl kein Ausweis oder sonstige Merkmale bei der Leiche gefunden wurden, stellte die Gerichtsmedizin nach aufwendigen Untersuchungen fest, dass es sich um den Kollegen Kramer handelte. In Ausübung seiner Pflicht brutal ermordet. Stehler und Bülow mussten schweigen, denn sie steckten bis zum Hals in der unübersichtlichen Sache und hätten mit Sicherheit keine Unterstützung von den Kollegen dafür bekommen, den Toten im Nachhinein zu beschämen. Niemand hätte Verständnis dafür gehabt, da sie auf eigene Faust zu diesem Resultat gekommen waren. Eindeutige Beweise hatten sie nicht und könnten ihre These schwerlich beweisen. Wem würde es da noch von Nutzen sein, wenn sie jetzt als Nestbeschmutzer dastanden. Sie hätten den Vorgesetzten vorher von den Telefonaten in Kenntnis setzen müssen. Jetzt war es dafür zu spät! Schweigen war angesagt.

Kapitel 15

Er schlenderte alleine über die „Alte Brücke" und schaute hinab in den Main. Da hörte er die Stimme eines vorbeigehenden Passanten, die ihm sehr bekannt vorkam. „Du kannst mitkommen!" Andreas löste seinen Blick von der glitzernden Oberfläche des schnell dahinfließenden Flusses. Er schaute hinter dem Mann im Trenchcoat her. Das war die Stimme von Rüdiger gewesen. Rüdiger Klein, sein langjähriger Freund . . . . . aber das konnte nicht sein! Er hatte seine Leiche damals mit Hilfe von Lotte im Teufelsmoor gefunden. Mit ihm hatte das ganze Drama doch angefangen. Es konnte nur ein Zufall oder eine Verwechslung sein. Schnell hastete Andreas hinter ihm her, denn nun wollte er Klarheit haben, wer ihn angesprochen hatte. Je schneller er lief, umso weiter entfernte der vermeintliche Fremde sich von ihm. Schon waren sie am rechten Mainufer angekommen, da bog der Mann links zum Dom ab. Wenn er eben noch zwanzig Meter hinter ihm gewesen war, so waren es jetzt schon mehr als doppelt so viele Schritte. Der Fremde ging zum Hauptportal des Doms, wuchtete die Tür auf und drehte sich zu ihm um: Es war Rüdiger! Jetzt rannte Andreas, aber noch bevor er angekommen war, schlug die Pforte zu. Als er endlich an der Tür stand, kam ihm eine alte Frau entgegen. „Neu hier, was?" sagte sie und musterte ihn von oben bis unten. „Das Tor ist schon seit Jahren verschlossen. Wenn Sie in den Dom wollen, so müssen Sie den Seiteneingang nehmen." Sie zeigte an dem Bauwerk entlang auf eine winzige Tür. Andreas nickte und wollte sich bedanken, aber er stand alleine vor dem riesigen, verschnörkelten Kirchturm. Verwundert ging er los und betrat bald darauf den hohen Raum, der von duftenden Weihrauchfahnen im Dämmerlicht der bunten Glasfenster durchströmt wurde. Der Innenraum war, bis auf ein paar alte Frauen, die in den Bänken kniend beteten, menschenleer. Als er sich umdrehte, stand er plötzlich vor ihm. „Rüdiger! Wie geht es dir und was machst du hier?" Ein Lächeln huschte über sein fahles Gesicht: „Es geht um dich! Du suchst doch das Geld! Am Roßmarkt hatte Dr. Hein bei einer Bank ein Schließfach. Aber du kommst zu spät! Es ist von seinem Bruder geleert worden und der hat es bei sich zuhause versteckt. Er hatte vor drei Monaten einen tödlichen Unfall". Ein Kirchendiener kam auf sie zu und die Gestalt seines

Freundes zerfiel und vermischte sich mit dem Rauch der vielen Kerzen, die zum Andenken an die Toten an der hinteren Wand vor einem kleinen Altar brannten. „Führen Sie bitte ihre Selbstgespräche draußen. Sie stören die Betenden!" Er zeigte auf eine Tür und widerspruchslos wollte Andreas gehen, aber sie war verschlossen. Mit Gewalt riss er an der Klinke und schlug mit der Faust gegen die Tür. „Was machst du für einen Krach? Musst du ins Bad? Du hast mich aufgeweckt!" Maria saß im Halbdunkel auf dem Bett und rieb sich die Augen. „Beeil dich, es ist noch keine vier Uhr!" Andreas tastete sich zur Tür und ging ins Bad. Er musste unbedingt früher merken, ob er sich in einem Traum oder in der Realität befand. Das plötzliche Aufwachen bescherte ihm jedes Mal starke Kopfschmerzen. Er nahm aus dem kleinen Schränkchen eine Tablette und schluckte sie mit dem Wasser herunter, das er aus dem Hahn direkt in seinen Mund laufen ließ.

Kapitel 16

„Was erzählst du da? Hein hatte keinen Bruder!" Andreas war am nächsten Morgen ins Präsidium gefahren, um seinen neuen Traum weiterzugeben. „Du phantasierst! Wo war zum Beispiel deine kleine Katze? Ich dachte, die wäre immer dabei, wenn du träumst?" Andreas ging in Gedanken die Erlebnisse der Nacht noch einmal durch. Sein kleiner weißer Freund war nicht dagewesen! Aber Rüdiger hatte mit ihm gesprochen, zählte das nicht? Es war das erste Mal, das ihm der Beamte nicht glaubte. „Kann ich die Ermittlungsakten von dem Verkehrsunfall sehen?" Stehler schaute ihn an: „Was versprichst du dir davon? Wir haben den Fall abgeschlossen!" Als er den bettelnden Blick von Steffenson sah, griff er zum Hörer und sprach mit dem Leiter des Archivs. „Mitnehmen kannst du sie nicht! Wir geben dir zwei Stunden. Fahr ins zweite Kellergeschoss. Am Ende des Ganges ist eine verschlossene Tür mit der Aufschrift: „AK -2013." Da musst du klingeln, Kommissar Weiland erwartet dich. In einem kleinen Büro kannst du die Unterlagen ausgiebig studieren." Andreas griff Marias Hand und ging mit ihr zum Lift. Zehn Minuten später saßen sie in dem grell erleuchteten, fensterlosen Zimmer. Zwei geschnürte Pakete lagen auf dem Tisch, die er sofort mit seinem Taschenmesser öffnete und sortierte. „Maria, such mit! Wir brauchen die persönlichen Daten von Dr. Georg Hein." Sie sortierten die Akten. Bald wurde Maria fündig und legte ihm eine aufgeklappte Seite hin. Andreas war in ein weiteres Schriftstück vertieft und ignorierte vorerst noch ihren Fund. Man hatte seines Erachtens viel zu früh den Fall als erledigt betrachtet, denn er fand viele Ungereimtheiten. Mit der aufgeschlagenen Seite ging er in den Flur: „Herr Weiland?" rief er und kurz darauf kam der gerufene Beamte kauend aus einem Nebenzimmer. „Haben Sie hier unten einen Kopierer?" Der Kommissar sah ihn an: „Ich weiß nicht recht, die Akten sind zwar erledigt, aber trotzdem streng vertraulich!" Andreas gab nicht auf: „Können Sie sich vorstellen, dass ich mir den genauen Wortlaut der vielen Papiere im Kopf merken kann? Also wo steht der Kopierer?" Weiland biss in sein Butterbrot und öffnete die Tür eines kleinen Raumes. Nach kurzem Flackern brannte auch hier eine helle Neonröhre. Er zeigte auf das hüfthohe Gerät und schaltete es ein: „Neues Papier ist im unteren Fach, aber ich weiß von nichts!" Damit ging er zurück in sein Büro und Andreas machte sich sofort an die Arbeit und kopierte die Akten, die er für wichtig und lesenswert erachtet hatte. Nach gut drei Stunden hatte er die Bündel durch, wieder zusammengestellt und neu verknotet. Über fünfzig Kopien legte er zusammengerollt in Marias Handtasche. Er nahm drei weniger wichtige Abschriften in die Hand und zeigte sie dem Kommissar, der sich zum Mittagsschlaf auf einer Liege niedergelassen hatte. „Wir sind fertig! Können Sie uns bitte aufschließen?" Weiland stand verschlafen auf und kam der Bitte nach. „Sind Sie fündig geworden?" fragte er mehr beiläufig, denn er schien keine Antwort darauf zu erwarten. Sie gaben sich die Hände, verabschiedeten sich und dann fuhren sie wieder nach oben. „Willst du noch einmal mit Joachim sprechen? fragte Maria und Andreas antwortete „Wozu? Ich hab jetzt, was ich brauche!"

Kapitel 17

„Joachim? Hast du einen Augenblick für mich Zeit und kannst mal kommen?" Sascha saß angespannt vor seinem Rechner und schüttelte immer wieder mit dem Kopf. Als Stehler sein Büro betrat, stand Bülow auf und zeigte auf den Bildschirm: „Wusstest du davon?" fragte er und ging nervös hin und her: „Willst du auch einen Kaffee?" Joachim betrachtete den Bildschirm. Chronologisch untereinander aufgelistet, sah er viele Zeilen. Vorne verschiedene Tage, dann Uhrzeiten und Dauer, sowie Telefonnummern. Mehrere Zeilen waren rot unterlegt. „Was ist das?" Sascha kam mit seiner Tasse aus der Küchennische und wiederholte: „Was das ist? Die

Anrufliste des Empfänger-Handys, das Kramer immer angewählt hatte. Ohne Vertrag, ein Prepaid. Ich hab die einzelnen Nummern überprüft und bin fündig geworden! Wie hieß der Chemiker, der die Leute aus dem Nahen Osten reingelegt hatte, oder besser gesagt, den sie brutal ermordet hatten?" Joachim braucht nicht lange zu überlegen: „Hein!" sagte er: „Dr. Hein. Warum?" Bülow kam triumphierend zum Rechner, bewegte kreisend seine Hand über der Tastatur und tippte mit dem Zeigefinger auf die ENTER - Taste. Die Zahlenkolonnen veränderten sich und zeigten nun die Telefonnummern mit Namen und Adressen. Die rot markierten Zeilen raubten Stehler für kurze Zeit den Atem. Da stand es tatsächlich! Rot auf weiß: „Dr. Hein, Frankfurt, Berliner Str. 117." „Na? Was jetzt? Bin ich gut?" Stehler schüttelte energisch den Kopf: „Ausgeschlossen! Das geht nicht. Du musst einen Fehler gemacht haben!" Sascha bekam schmale Augen und schob seinen Kollegen mit dem Sitz rollend zur Seite. Er nahm den zweiten Stuhl und tippte wie verrückt neue Datensätze in den Rechner, dann lehnte er sich zurück, trank genüsslich einen Schluck Kaffee und zeigte mit der flachen Hand auf den Bildschirm. Er hatte eine Polizeiakte aufgerufen, die von einem Unfall stammte. Normalerweise war das nichts Ungewöhnliches, wenn da nicht von einem Verkehrstoten mit dem Namen Dr. Hein die Rede gewesen wäre. Als Stehler sich von dem ersten Schock erholt hatte, sah er Sascha an: „Sein Bruder!" stammelte er. „Und ich hab Andy gesagt, er hätte keinen Bruder!" Bülow zog die Stirn kraus: „Wovon redest du?" Er erklärte dem Kollegen kurz, was Steffenson in Traum erlebt hatte. Dann nahm er ein Blatt Papier vom Schreibtisch und schrieb die Adresse auf. Sascha nickte:

„Seine Praxis steht sogar noch im Telefonbuch. Dr. med. Heinrich Hein, Internist, Roßmarkt 13 Frankfurt am Main." „Mist!" sagte Stehler. „Ich muss sofort mit Steffenson sprechen. Sein letzter Traum war sehr wertvoll und ich Depp hab das nicht erkannt!" Er nahm den Zettel und schaute Sascha an: „Gibt es noch Verwandte, eine Ehefrau oder sonst etwas?" „Gibt es! Ein Sohn, eine Tochter! Sein Sohn ist das schwarze Schaf der Familie. Er wohnt in einer Kommune am Stadtrand." Joachim ließ sich auch diese Anschrift geben: „Und die Tochter?" „Seltsam! Von der haben wir nur die Adresse eines KFZ-Briefes, sie besitzt einen Geländewagen." „Gut, schreib auf! Ich melde mich, wenn sich was Neues ergibt!" sagte er, ging in sein Büro und versuchte mehrfach vergebens Steffenson zu erreichen. Als er am Nachmittag immer noch nicht mit Andreas gesprochen hatte, entschied er sich, zu ihm nach Dibbersen zu fahren.

Kapitel 18

Steffenson hatte mehrmals versucht, Stehler im Amt zu erreichen. Diesmal hinterließ er die Nachricht, dass er sich mit einem gewissen Müller am Ufer der Weser treffen sollte. Es würde angeblich um die Übergabe eines wichtigen Beweismittels gehen. Da man sich damit an ihn und nicht an die Polizei gewandt hatte, ging Andy fest davon aus, dass es eine Falle war. Er konnte und wollte Maria jetzt nicht alleine in der Villa lassen. Was sollte er nun tun? Jetzt sollte sich seine neueste Anschaffung bewähren. Beim letzten Schießen hatte er beiläufig nach einer Schussweste gefragt und war an eine Spezialfirma verwiesen worden. Er war mit Maria dorthin gefahren und hatte sich beraten lassen. Das etwas sperrige Kunststoffmaterial war zwar leicht, aber der hohe Kragen, die angesetzten Ärmel und die hüftlange Form zwangen den Träger zu einer eingeschränkten Beweglichkeit. Sie waren damit das erste Mal bekleidet, Maria trug darüber ihre 3/4 lange Lederjacke und hatte den hohen Kragen mit einem Schal verdeckt. Andreas füllte das Magazin der Pistole und steckte sie ein. So gewappnet verließen sie die Villa und fuhren mit dem Wagen zu dem verabredeten Treffpunkt, was sich in dem Mantel dank des steifen Brustpanzers etwas unbequem gestaltete. Maria blieb im Wagen sitzen, während Andreas auf den Mann zuging, der hier gewartet hatte. Ohne Umschweife kam der Fremde auf den Punkt. Da war nichts von einer Übergabe denn er wollte nur wissen, wo Steffenson das Geld versteckt hielt. Als Andreas ihm auch nach mehrfachem Nachfragen keine Antwort geben konnte, antwortete der Fremde beiläufig, dass er ab sofort die Verantwortung für die nächsten Ereignisse selbst zu tragen hätte. Er drehte sich um, machte eine weitausholende Handbewegung und verschwand hinter einem Hügel. „Wenn das alles war", dachte Andy, und ging zurück zum Wagen. Als er näher kam, wunderte er sich, dass seine Frontscheibe eine milchige Farbe angenommen hatte. Jetzt erst erkannte er, dass man auf Maria geschossen hatte. Er riss verzweifelt die Tür auf. Sie hing nach vorne gebeugt in den Gurten und stöhnte leise. „Gott sei gedankt! Sie lebt!" dachte er, lief um den Wagen, öffnete die Beifahrer,- und die dahinter liegende Tür. Dann half er seiner Freundin auf die Rückbank. „Ich bekomme kaum noch Luft", sagte sie und Andreas versuchte, den Klettverschluss der Weste zu lösen. Ein kurzes Nicken schien ihm sagen zu wollen, dass sie es so besser aushalten konnte. Erleichtert griff er ihre Hand. „Kannst du die Beine bewegen?" Sie schaute an sich herunter und wippte mit den Füßen. „Bleib ruhig liegen, ich fahr ins Krankenhaus!" Er schlug die Tür zu, setzte sich auf den Fahrersitz und kurbelte seine Rückenlehne weit nach hinten. Dann hob er beide Beine und stemmte sich gegen die Frontscheibe. Mehrfach musste er dagegen treten, bis sie endlich mit einem lauten Knall in winzige Splitter zerfiel. Jetzt hatte er freie Sicht, nahm die Sonnenbrille aus dem Handschuhfach und wickelte seinen Schal hoch ins Gesicht. Es würde eine kalte Fahrt werden. Mit der eingeschalteten Warnblinkanlage raste er die Uferstraße hoch und bevor er die Schnellstraße nach Bremen erreichte, sah er den Fremden, der ihm die geballte Faust zeigte, dann lenkte er das Auto über Schleichwege zur Kleingartenanlage am linken Weserufer. Mit der Personenfähre ließ er sich zum Osterdeich übersetzen, nachdem er mit einem Unfall seine fehlende Frontscheibe erklärt hatte. Nun fuhr er zur Lüneburger Straße und war dann im Zentralkrankenhaus in der St. Jürgen Straße. Er trug Maria vorsichtig zur Ambulanz. Da sie ihr Bewusstsein verloren hatte, kam sie sofort in ein Behandlungszimmer. Da er nicht mit ihr verwandt war, durfte er bei der Untersuchung nicht anwesend sein. Er nahm sein mobiles Telefon und versuchte noch einmal vergebens, endlich Stehler oder Bülow im Amt zu erreichen. Als er auf dem Flur ungeduldig wartete, kam ein Arzt zu ihm und bat ihn in sein Sprechzimmer. „Ich musste natürlich die Polizei anrufen, denn bei einer Schussverletzung sind wir gezwungen . . . . . ." Andreas unterbrach ihn. „Das ist schon in Ordnung. Wie geht es ihr?" Der Arzt schaute ihn an. „Sie sitzen so steif auf dem Stuhl. Tragen Sie auch so ein Ungetüm?" Andreas zog seinen Mantel und danach die lange Weste aus: „Ja, das sehen Sie doch! Nochmal, wie geht es ihr?" Der Mediziner musste lächeln: „Entschuldigung, aber das ist das erste Mal, dass ich so etwas zu Gesicht bekommen habe. Sie schläft jetzt, denn wir haben ihr ein starkes Beruhigungsmittel gegeben. Sie hat Prellungen an der rechten Brustpartie und zwei Rippen gebrochen. Keine weiteren inneren Verletzungen, aber die Weste ist hin." Steffenson atmete tief aus und füllte bereitwillig das dargebotene Formular aus, als es an der Tür klopfte. Eine Schwester kam herein und beugte sich zu dem Arzt, um ihm etwas ins Ohr zu flüstern: „Sehr gut. Sie sollen hereinkommen!" sagte er und schaute Andreas an: „Die Polizei wird Ihnen auch ein paar Fragen stellen, Herr . . .!" Er schaute auf das Papier: „Herr Steffenson!" Der Mediziner stand auf und zwei Polizeibeamte betraten das Zimmer.

Kapitel 19

Er saß an ihrem Krankenbett, als es an der Tür klopfte. Maria war gerade wach geworden und schaute ihn traurig an. „Herein!" rief er und drehte sich zur Tür. Ein riesiger Blumenstrauß schwebte ihm entgegen. Als er stehend die bunte Pracht zur Seite bog, sah ihn Stehler schuldbewusst an. „Ich werde nie mehr an dir zweifeln!" Dann trat er an ihr Bett. „Wie fühlen Sie sich? Geht's etwas besser? Der Arzt hat uns schon alles erzählt." Maria versuchte ein zaghaftes Lächeln: „Es ist an der Zeit, dass wir du sagen, richtig?" Joachim war erleichtert. „Sie haben unsere

Sprache schnell gelernt!" erwiderte Stehler und Maria ergänzte: „Du hast gelernt! Sag du!" „Ich freu mich, dass ihr mit heiler Haut davon gekommen seid, wenn ich mir den Wagen ansehe!" Andreas hatte das Auto in der Einfahrt total vergessen und wollte nachsehen, aber Joachim beruhigte ihn. „Der ist schon mit ihrer Weste bei der Spurensicherung. War das auch eine Vorhersehung?" fragte er und Andreas schüttelte den Kopf: „Das war pure Logik! Wer bestellt mich schon ans Ufer der Weser? Da wusste ich sofort, da muss was faul sein. Wo warst du? Ich habe mehrfach versucht, dich zu erreichen. Hast du meine Nachricht nicht bekommen?" Das ernste Gesicht des Beamten sprach Bände. „Welche Nachricht? Mir hat niemand etwas gesagt." Andreas überlegte: „Bender, hieß der Mann an der Zentrale. Dem hab ich die Nachricht für dich hinterlassen." Joachim ging auf ihn zu: „Wir haben keinen Bender bei uns. Du musst dich verhört haben." Andreas flüsterte ihm leise zu: „Noch ein Maulwurf? Dann arbeite ich lieber alleine weiter!" „Darüber reden wir später! Zuerst müssen wir uns um Maria kümmern. Ich schlage vor, die Presse zu bitten, von dem tödlichen Vorfall einer farbigen Frau an der Weser zu berichten. Wir müssen sie unbedingt aus der Schusslinie nehmen!" Andreas war sich der akuten Gefahr mehr als bewusst, aber wie sollte er das seiner Freundin erklären? Ihm fiel dazu nur ein, dass sie einmal beiläufig erwähnt hatte, eine kleine Stadtwohnung in Bremen wäre nicht schlecht, obwohl ihr auch die Villa in Dibbersen gut gefiel. Unter den jetzigen Umständen wollte Steffenson auf keinen Fall alleine da draußen wohnen. So stimmte er in Absprache mit Maria der Presseinformation zu. Er fuhr nach Hause, um ein paar Sachen für Maria zu packen, als ihn beim Einbiegen zu seiner Auffahrt ein ungutes Gefühl beschlich. Er stoppte den Wagen und löschte das Licht. Als er zum Haus schaute, sah er an den Fenstern einen schwachen Lichtschein, der durch die Räume schwebte – es waren Fremde in der Villa. Die Kollegen der Kripo hätten ihn informiert, wenn sie zu ihm gefahren wären. Seine Weste lag auf dem Rücksitz des Leihwagens und seine Pistole steckte in der Manteltasche. Wenden konnte er auf dem schmalen Kiesweg nicht mehr. Da es schon dunkel war, wäre es zudem ein schwieriges Unterfangen, den fremden Wagen rückwärts rollen zu lassen. Er beugte sich zum Rücksitz und nahm die Waffe an sich. Dann schaltete er die Innenbeleuchtung aus, öffnete die Autotür und ließ sie vorsichtig angelehnt, um keine Geräusche zu machen. Dann lief er seitlich über den Rasen auf die Hinterseite der Villa. Als er sich gegen die Hauswand lehnte, entsicherte er die Pistole und schlich vorsichtig weiter. Da meldete sich sein mobiles Telefon. Er klopfte seine Taschen ab, nahm das kleine Gerät und schaltete es aus, hoffentlich hatte ihn der Klingelton nicht verraten. Er nahm den Schlüssel zur Hintertür und wollte gerade die Tür aufschließen, als Lotte plötzlich laut aufbellte. Er hörte ihr Knurren und Jaulen, dass vom scharfen Knall einer Feuerwaffe jäh beendet wurde. Dann polterten im Flur Schritte und er hörte, wie die Haustür krachend zugeschlagen wurde. Er drehte sich um und rannte zum Vordereingang. Vorsichtig schlich er im Schatten neben die Steintreppe, die oben hell vom Bewegungsmelder angestrahlt wurde. Zwei Männer liefen über den Kiesweg in Richtung seines geliehenen Wagens. Einer schien verletzt, denn er humpelte. „Stehenbleiben! Polizei!" rief er mutig und hielt dabei seine Pistole im Anschlag. Er stand im Dunklen und konnte hier unmöglich gesehen werden. Die Silhouetten der beiden Männer waren dagegen vom ihm gut erkennen. Der Unverletzte drehte sich ohne Vorwarnung um und schoss zum Haus zurück. Mit einem hellen Pfeifen schwirrte das Projektil irgendwo durch die Gegend. Er zielte lange, bevor auch er nun einen Schuss abgab. Anscheinend hatte er sein Ziel verfehlt, denn der Humpelnde schleppte sich gerade an dem Auto vorbei, während der andere schon im Licht der Straßenlaterne auftauchte. Noch einmal zielte er auf die Beine des zweiten Mannes, indem er seine geballten Hände ruhig auf die Stufen legte. Er spürte den leichten Druckpunkt, atmete noch einmal aus und zog den Abzug durch. Diesmal durchzuckte es den Mann neben dem Auto, der zwar noch versuchte, sich festzuhalten, aber abrutschte und dann regungslos liegen blieb. Andreas hörte, wie der zweite Mann wieder einen Namen rief. Als er keine Antwort von dem Verletzten erhielt, kam er zurück ins Licht. Er fand seinen Partner neben dem Wagen und bückte sich zu ihm. Andreas legte beide Hände noch einmal ausgestreckt auf die Stufen der Treppe und zielte lange, bevor sich der nächste Schuss löste. Er traf den Knieenden, der wie von einem Faustschlag getroffen, ebenfalls lautlos neben das Auto fiel. Jetzt endlich löste sich seine Anspannung. Andy fing an zu zittern, er konnte die Pistole nicht mehr halten und legte sie neben sich ab. Erst nach einer Weile hatte er die Kraft, zu seinem mobilen Telefon zu greifen und Joachim anzurufen.

Kapitel 20

Eine halbe Stunde später war die Auffahrt hell erleuchtet. Das flackernde Blaulicht blitzte an den Büschen vorbei und Andreas kniete neben seiner treuen Lotte, die im Wohnzimmer verblutet war. Sie musste die Einbrecher überrascht haben, denn einer der Männer hatte eine tief klaffende Fleischwunde an seiner Wade. Zusätzlich blutete er an der Stirn und hielt sich schreiend den Kopf. Dem anderen hatte ein Querschläger ein grässliches Loch in den Bauch gerissen, er war tot. Joachim stand neben seinem Freund im Wohnzimmer und tröstete ihn. „Wir kennen die beiden nicht. Ist etwas gestohlen?" Steffenson hob die Schultern. „Dazu bin ich noch nicht gekommen!" er wischte sich verstohlen mit dem Unterarm die Tränen aus den Augen und ging nach oben. Hier sah es wild aus. Bücher waren aus den Regalen gefallen und lagen, teils zerrissen auf dem Teppich. Schubladen waren zerwühlt und Andreas bekam Angst, dass man den Rechner und die kopierten Akten gefunden hatte. Er ging zu der Wandvertäfelung und drückte neben der Lampe gegen ein getarnt angebrachtes Holzbrett. Die Klappe gab nach und schwang zurück. Sie hatten die wichtigen Sachen nicht gefunden. „Wie viele waren es? Nur die beiden?" Andreas nickte. „Ich hab nur die zwei gesehen. Die haben zuerst geschossen!" Joachim schaute ihn an: „Du wirst einen Bericht schreiben müssen und gib mir die Waffe. Du bekommst sie so schnell, wie möglich zurück. Jetzt bleibt dir nichts anderes übrig, als vorübergehend eine Wohnung in Bremen zu suchen." Steffenson nickte, gab seine Zweitschlüssel an die Beamten, packte den Koffer und folgte Joachim, der ihn zurück begleitete.

Maria war verlegt worden. Man musste nun bei der Schwester klingeln, um sie besuchen zu können. Das hatte Joachim veranlasst, denn sie musste noch gut zwei weitere Wochen im Krankenhaus bleiben. Als Andreas das Zimmer betrat, war sie außer sich: „Wie soll ich hier gesund machen, wenn du dich schießen musst?" Er hielt seine Freundin an der Schulter. „Wenn du aufgeregt bist, dann klappt das aber nicht so gut mit deiner Deutschen Sprache!" Sie presste wütend ihre Lippen zusammen und konterte: „Wenn du könntest besser schießen, so hättest du getroffen, was du angezielt hast!" „Woher weißt du das?" „Joachim war hier. Er hat mir gezählt, was passiert ist!" „Erzählt! Maria. Er hat dir erzählt, was passiert ist!" Jetzt folgte ein spanischer Redeschwall, denn sie war äußerst erregt: „Hay que pensar con la cabeza, y no con los pies!" (wörtlich: Du musst denken mit dem Kopf und nicht mit den Füßen!) So viel verstand Andreas natürlich, aber er schwieg, um seine ängstliche Freundin nicht noch weiter aufzuregen. Nach dem Abendessen verabschiedete er sich und Maria drückte fest seine Hand: „Pass auf dich! Du wirst noch verbraucht!" Tränen rollten über ihr Gesicht und Andreas vermied es, seine Freundin erneut zu verbessern. „Bis Morgen! Schlaf gut!" Er ging zur Tür und verabschiedete sich von der Nachtschwester, die hinter ihm zuschloss. Wenigstens sie war jetzt im Krankenhaus vor unliebsamen Besuchern in Sicherheit. Morgen hatte er eine Wohnungsbesichtigung. Nach zwei Nächten im Hotel hatte er am Stadtgraben, in direkter Nähe zur Polizei und dem Gericht, eine geeignete Wohnung gefunden. In dieser Nacht im Hotel konnte er keine Ruhe finden. Immer wieder sah er den treuen Hund, der friedlich zu schlafen schien. Als der Fernseher ein piepsendes Standbild zeigte, merkte er, dass er tatsächlich doch noch für ein paar Stunden weggedöst war. Hoffentlich würde ihm die Wohnung zusagen. Er ging zur Minibar und nahm sich eine Flasche Bier, die er ohne Glas sofort austrank. Was für ein Tag! Die Ereignisse der letzten Stunden forderten ihren Tribut und erschöpft fiel er angezogen auf sein Bett. Das leise Piepsen seines Handys zeigte ihm an, dass es Zeit war, zum Frühstück zu gehen. Er sprang unter die Dusche, zog sich an und ging in den kleinen Speisesaal. Bis zur Besichtigung um 10.ooh hatte er noch anderthalb Stunden Zeit. Er genoss sein Frühstücksei und die Brötchen. Dabei dachte er unwillkürlich an Adele, die ihn immer so fürsorglich bemuttert hatte. Was sich in den letzten Jahren alles verändert hatte! Er musste tief durchatmen und die Vergangenheit ruhen lassen. Nach einer Stunde war er am Stadtgraben. Die Wohnung lag am Goetheplatz im zweiten Stock, hatte einen großen Balkon, der westlich gelegen, den ganzen Nachmittag zur Sonne lag. Eine eingerichtete Einbauküche rundete den guten Eindruck ab. Die vier großen Zimmer waren hell und geräumig. Genau das richtige für ihn und seine Maria. Der Mietpreis war angebracht und im Hof hatte er nun eine Garage. Er machte mehrere Fotos, um Maria damit aufzuheitern, bekam den Wohnungsschlüssel. Als er ihr die Fotos zeigte, wollte sie am liebsten sofort entlassen werden. In den ersten Nächten störte er sich noch am Glockenschlag der benachbarten Kirche, aber bald hatte er sich an die ungewöhnliche Geräuschkulisse gewöhnt. Jetzt pendelte er zwischen Krankenhaus und der Polizeistelle, bedacht auf ein schnelles Ende dieses Albtraumes.

Kapitel 21

„Wer soll ihm das jetzt beibringen?" Joachim Stehler kam gerade murmelnd vom Staatsanwalt zurück. Der hatte sich entsetzt darüber geäußert, dass es diese unnütze Schießerei gegeben hatte. „Warum hatte Steffenson hinter ihnen her geschossen? Da war er doch nicht mehr direkt bedroht!" Joachim senkte den Kopf, er gab dazu keine Stellung ab. Zum einen hatte er Andreas die Waffe förmlich aufgeschwatzt, zum anderen sah der Tathergang nicht gerade rosig für ihn aus. Er hatte ein Strafverfahren abwenden können, aber die Waffe wurde eingezogen, da es sich nicht um eine Selbstverteidigung gehandelt hatte. Stehlers Kollegen waren ratlos. Sie konnten ihm in dieser Sache nicht behilflich sein und wandten sich wieder ihrer Schreibtischarbeit zu. „Verstehe!" sagte er: „Ich muss es ihm selber sagen! Ich hab die Pistole angeschleppt und nun ist es meine Pflicht, ihm das zu sagen." Er ging aus dem Büro und überquerte die Straße. Er musste einen klaren Kopf bekommen. Er ging „Am Wall" hinunter, Richtung Goetheplatz, hoffentlich war Steffenson in seiner neuen Wohnung. Nach dem vereinbarten Klingelzeichen ertönte der Türöffner und Joachim stieg die Stufen hoch. Oben stand Andreas im Flur und schaute zwischen dem Geländer zu ihm herab: „Ich bekomme Hilfe! Na das ist eine Überraschung!" Ohne Umschweife kam der Hauptkommissar zur Sache und teilte ihm mit, was der Staatsanwalt zu ihm gesagt hatte. Steffenson legte seine rechte Hand auf seine Brust: „Ein Segen!" entgegnete er. „Ich bin für so ein Schießeisen nicht geboren. Schau dir meine Treffer an! Ich hab auf seine Beine gezielt und nun ist er tot!" Stehler war erleichtert.

Er hatte sich seinen Besuch schlimmer vorgestellt. „Ein Katzensprung von unserer Dienststelle hierher. War das gewollt?" Steffenson nickte. „Hier könnt ihr mich besser beschützen, hoffe ich!" Das Wohnzimmer und die Küche waren schon eingerichtet. Als sie auf der Couch saßen und ihre Tasse Kaffee tranken, fragte Steffenson: „Habt ihr die Wohnung von diesem Dr. Hein, dem Bruder in Frankfurt schon untersucht?" Joachim verneinte: „Dazu gab es bisher keinen Anlass. Meinst du etwa, das Geld ist noch da? Nach drei Monaten? Sehr unwahrscheinlich!" „Unwahrscheinlich vielleicht, aber doch noch möglich!" Stehler nahm sein mobiles Telefon und beantragte Amtshilfe der Kollegen in Frankfurt. Als er das Gespräch beendet hatte, fragte er: „Der Beschluss wird in den nächsten Tagen fertig sein. Willst du mitfahren?" Andreas nickte: „Ich will doch sehen, ob der Main tatsächlich so aussieht, wie in meinem Traum!" Stehler musste lächeln. Die Differenzen zwischen ihnen waren bereinigt. Am Nachmittag ging Andreas wieder ins Krankenhaus und zeigte Maria die Fotos, die er von der Wohnung in der Kamera gespeichert hatte. Sie freute sich zwar, schien aber dennoch geistesabwesend zu sein. „Was hast du? Wolltest du dabei sein?" „Nein", sagte sie, „das nicht. Es fühlt sich nur komisch an, wenn man die Zeitung liest." Ihr Blick wanderte zum Tisch, wo in der aufgeschlagenen Tageszeitung der vereinbarte Artikel stand. Er hielt ihren Kopf und schaute sie an: „Es ist besser so, glaube mir! Außerdem steht da nicht dein Name. Kopf hoch, alles wird gut. Wann wirst du entlassen?" Mit gesenktem Kopf murmelte sie ein paar unverständliche Worte. „Ich hab dich nicht verstanden! Wann?" „Am Wochenende." Sie schien sich nicht sonderlich darüber zu freuen.

Kapitel 22

„Kramer hat uns also verraten, Kumaron ist verhaftet und sein Begleiter tot. Wenigstens hat dieser Steffenson eine Abreibung bekommen, an der er schwer zu knabbern hat. Vielleicht wird ihn das plötzliche Ableben seiner karibischen Freundin zur Vernunft bringen und uns den Weg zu dem verdammten Geld zeigen." Sie saßen wieder, aber diesmal etwas dezimiert, in der Suite an der Binnenalster. „Wenn er nun tatsächlich nichts von dem verschwundenen Geld weiß, was dann? Die mitgehörten Telefonate haben darauf schließen lassen, dass er diesbezüglich tatsächlich auf dem Schlauch stand. Er hat erst durch unsere Drohungen und Nachfragen davon erfahren." Grassow stand auf: „Das war am Anfang! Sie haben den Sender entdeckt und nun bekommen wir nichts mehr davon mit. Wir müssen unbedingt noch einmal in seine Villa und weitere Mikros anbringen. Wer erledigt das?" Boris meldete sich. „Gut, das machst du. Fahr als Angestellter der Stadtwerke zu ihm. Overall, Ausweis und Lieferwagen dürften für Alex kein Problem sein, oder?" Der Angesprochene stand auf: „Mach ich, Chef!" Nr. 1 ergänzte: „Erledigt das gemeinsam! Wie weit seid ihr mit dem neuen Chemiker? Hat er schon verwertbare Unterlagen geliefert?" Ein Mann stand auf: „Hat er, Chef! Sie werden von unserem Fachmann schon ausgewertet. Wir haben aus der ersten Panne gelernt. Das Geld bekommt er von uns erst, wenn die Ware am Zielort angekommen ist. Bis vergnügt er sich jeden Abend in unserem Nachtclub. Eddy sorgt dafür, dass er genug Schulden macht! Seine Abhängigkeit lässt es jetzt schon nicht mehr zu, dass er abspringen könnte."

Kapitel 23

Maria schlich noch etwas matt und erschöpft durch ihr neues Heim. Immer wieder nickte sie zufrieden und ging dann von einem Raum in den nächsten. „Zieh doch den Mantel aus und setz dich bitte ins Wohnzimmer. Ich mach dir erst einmal einen Kaffee, du bist ja immer noch nicht wach!" Andreas hatte sie aus dem Krankenhaus abgeholt. Mit der Wollmütze und dem viel zu großen Mantel wäre sie schwerlich erkannt worden. Zuerst wusste er überhaupt nicht, was sie damit meinte, als sie plötzlich rief: „Sie gefällt mir! Sehr sogar! Die Räume sind viel größer, als ich gedacht hatte." Andreas war erleichtert. Es hätte auch anders kommen können. Als er mit den zwei Tassen ins Wohnzimmer kam, hatte sie den Mantel und ihre Schuhe ausgezogen und lag auf der Couch. „Mir ist doch noch ein wenig schwindelig." Sie nahm ihre Tasse und blies in das heiße Getränk. „Ist er wirklich durch einen normalen Unfall gestorben?" fragte sie und trank einen Schluck. Steffenson schaute sie an: „Wen meinst du?" Sie verdrehte die Augen: „Na, wer beschäftigt dich denn die letzten Tage?" Andreas nickte. „Ach so! Du meinst diesen Arzt aus Frankfurt. Das nehme ich doch stark an. Warum fragst du?" Sie blätterte in den Fotokopien, die er auf dem Tisch liegen gelassen hatte. „Na, weil er nur anhand seiner Sachen identifiziert werden konnte! Hier steht, dass Gesicht und Hände völlig unkenntlich waren." Andreas wurde blass: „Wo, zeig her!" Er nahm die Papiere an sich und las konzentriert, was in dem Polizeibericht stand. „Donnerwetter! Das wäre ein Ding! Aber das lässt sich ganz schnell klären!" Steffenson versank in Gedanken. Er musste mehr über diesen zweiten Dr. Hein erfahren. „Nächste Woche bin ich schlauer." Sagte er: „Ich begleite Joachim nach Frankfurt. Du bekommst Polizeischutz, solange dieser Fall nicht restlos aufgeklärt ist." Maria schaute ihn irritiert an: „Soll hier ein Polizist einziehen?" Andreas lächelte: „Unsere Wohnung wird überwacht. Wenn die ihren Job wirklich gut machen, wirst du nichts davon merken, hoffe ich jedenfalls." Sie verabredeten, dass Andreas täglich bei ihr anrufen und sich nach ihr erkundigen würde. „Ich ruf dich aus Telefonzellen an. Das klingt zwar ziemlich altmodisch, aber ich traue meinen Feinden alles zu! Auch die Überwachung meines Handys." An nächsten Tag war das Taxi pünktlich zur Stelle. Noch einmal drehte er sich um und sah, wie Maria hinter der Gardine stand und ihm zaghaft winkte. Er stieg ein: „Hauptbahnhof", sagte er, denn da war er mit dem Hauptkommissar verabredet, um ihn nach Frankfurt zu begleiten. Während Andy auf der Rückbank Notizen machte, merkte er zu spät, dass der Fahrer ihn in ins Industriegebiet gebracht hatte. Als er protestieren wollte, hielt das Taxi, der Fahrer stieg aus und lief davon. Was jetzt? Andreas schaute sich um. Sie standen innerhalb eines verlassenen Fabrikgeländes. Die glaslosen, dunklen Löcher der ehemaligen Fenster schienen ihn anzustarren. Sollte er die Türen von innen verriegeln? Er verwarf den Gedanken sofort wieder, als er erkannte, dass seine Situation aussichtslos war. Drei Männer, die er schon bei Tage in der Stadt gemieden hätte, kamen auf den Wagen zu. Demonstrativ schlug einer seine Jacke weit zurück, um ihm die 38er Smith&Wesson zu zeigen, dann wurde seine Tür aufgerissen: „Herr Steffenson, Ihr Handy! Und wenn ich Sie bitten dürfte zu folgen?" Andy stieg aus und gab sein mobiles Telefon ab. Der Mann hatte das zwar als Frage formuliert, aber die Entschlossenheit in den Augen der Männer ließ keinen Zweifel zu. Die Unbekannten hatten ihn schneller gefunden, als ihm lieb sein konnte. Ein zweites Mal war er in eine Falle geraten. Sie stießen ihm in den Rücken, als Aufforderung schneller zu gehen. Durch eine verrostete Eisentür kamen sie in eine leere Halle. Das ehemalige Glasdach bestand nur noch aus den Fassungen. „Hier entlang!" Sie dirigierten ihn zu einer Treppe, die in den Keller hinabführte. Unten konnte er den schwachen Lichtschein einer Glühbirne erkennen, die in einer Fassung auf dem Gang an der Decke baumelte. Aus einem Raum auf der rechten Seite kam helles Licht. Als sie hereinkamen, wurde die ungleiche Gruppe von einem gut gekleideten Mann hinter einem Schreibtisch sitzend begrüßt. „Entschuldigen Sie, Herr Steffenson, dass ich so unfreundlich bin und sitzenbleibe, aber Sie müssen nicht unbedingt mein Gesicht sehen. In der Tat war das für ihn unmöglich, denn die Tischlampe ließ nur einen Blick auf seine gefalteten Hände und den Oberkörper zu. Man gebot ihm, sich auf den Stuhl zu setzen, der mittig im Raum stand. Nun wurde ein starker Strahler auf sein Gesicht gerichtet und eingeschaltet. Einem grellen Blitz gleich, wurde er so stark geblendet, dass er unverzüglich seine Augen schloss. „Warum sind Sie zurückgekommen, wo es doch in der Karibik so schön warm sein soll? Hat man Sie hierher beordert oder geschah das zufällig und aus freien Stücken?" Andreas fühlte noch den stechenden Schmerz in seinen tränenden Augen. Die waren wirklich rundum gut informiert! „Sie waren das!" antwortete er mit gespielter Empörung, denn er wollte Maria schützen: „Sie haben meine Freundin auf dem Gewissen! Warum nur? Sie hat Ihnen nichts getan!" Nur so würde er jetzt erfahren, ob die Männer wussten, dass sie den Anschlag in Wirklichkeit überlebt hatte. Eine kurze Pause entstand, bis der Unbekannte fortfuhr: „Sie haben uns keine andere Wahl gelassen. Wir hatten Sie eindringlich um eine Auskunft gebeten und Sie auch vor den Konsequenzen gewarnt, die Ihre Sturheit mit sich bringen würde. Es lag in Ihrer Verantwortung!" Andy schüttelte den Kopf: „Falsch! Sie haben mir Fragen gestellt, deren Antwort ich nicht kenne. Wenn Sie jetzt das gleiche noch einmal versuchen, so muss ich wiederholen, dass ich nichts von dem weiß, was Sie da vermuten!" Die Männer berieten sich und kurz darauf kam die Antwort: „Sie wissen nun, dass wir das verschwundene Geld suchen. Die Million gehört uns! Wir geben Ihnen 24 Stunden Zeit dafür. Wir werden uns wieder bei Ihnen melden. Ihre Handynummer ist uns bekannt! Boris wird Sie zurückbegleiten!" Andreas stand auf und wurde sofort am Arm aus dem Raum gezogen. Kurz bevor sie den Flur betraten, rief er zurück: „Ein Rat von mir! Hüten Sie sich vor der weißen Katze mit den roten Augen. Sie wird euch vernichten!" Während die Männer darüber heftig lachten, wurde er wieder in den Hof gebracht. Kurz bevor er einstieg, gab man ihm sein Handy zurück. Jetzt wurde er zurück in die Stadt gefahren. Den ICE nach Frankfurt hatte er verpasst. Als er ausgestiegen war, raste der Wagen sofort davon. Er schaltete sein Telefon ein und wählte die Nummer des Hauptkommissars. „Ich komme nach." Sagte er leise: „Mir ist noch etwas Wichtiges dazwischen gekommen." Dann stieg er in den Stadtbus und vergewisserte sich, dass man ihm nicht folgte. Sein Handy hatte er vorsorglich wieder ausgeschaltet, damit es nicht geortet werden konnte. Vor dem Haus ging er zu den Beamten, die seine Wohnung bewachten und erzählte ihnen, was sich soeben ereignet hatte. Ihm wäre es lieber, wenn sich die Männer in seiner Abwesenheit im Gästezimmer einquartieren würden. Er besprach das eindringlich mit Maria, die unter diesen Umständen sofort damit einverstanden war. Als die Beamten ihr Auto in der Tiefgarage geparkt hatten und seine Wohnung betraten, ging es ihm wesentlich besser. „Könnten Sie bitte mein Handy in die Villa in Dibbersen bringen? Ich habe die Befürchtung, dass man es anpeilt. Der Code ist 336245, aktivieren Sie es erst im Haus. Hier ist der Zweitschlüssel für die Tür." Sie hatten sich alles notiert. „Wenn die Ablösung kommt, werden wir vorbeifahren, gute Idee. Könnte von uns sein!" Der Beamte lächelte und folgte seinem Kollegen ins Gästezimmer, damit sich Andreas von Maria verabschieden konnte: „Der Spuk ist bald vorbei!" Er nahm sie in die Arme. „Ich muss los! In einer halben Stunde geht mein Zug. Jetzt werde ich doch das neue Handy mitnehmen, das mir Joachim besorgt hat. Du kennst die neue Nummer?" Maria nickte und er ging zum Schrank und nahm das neue Gerät an sich, dann brachte sie ihn zur Tür. Als er zurück in die Stadt fuhr, saß sie mit den Beamten bei einer Kanne Kaffee und Butterbroten im Wohnzimmer. Ein Polizist bemerkte ihre ängstliche Betroffenheit: „Er ist vorsichtig, gnädige Frau! Ihm wird nichts passieren und morgen ist er doch wieder bei Ihnen." Maria nickte und ging in die Küche. Sie musste sich beruhigen, denn ihre Gedanken kreisten immer wieder um diese, ihr unbekannten Männer, die versucht hatten, sie zu erschießen.

Kapitel 24

Als er seinen reservierten Sitzplatz eingenommen hatte, nahm er die Gebrauchsanweisung des neuen Handys aus dem kleinen Karton. Während er sie studierte, spürte er nur ein sanftes Rucken. Der ICE hatte den Bahnhof verlassen und nur die vorbeifliegenden Häuser zeigten, dass der Zug volle Fahrt aufgenommen hatte. Er blickte kurz auf und sah oben einen kleinen Bildschirm, der in hell leuchtenden Ziffern eine dreistellige Zahl zeigte. Erst als er genauer hinsah, wurde ihm bewusst, dass da die augenblickliche Geschwindigkeit angezeigt wurde. Mit über 200 km/h raste der ICE Richtung Frankfurt. Davon merkte man in den bequemen Sitzen nichts. Als er das mobile Gerät ausgepackt hatte, legte er den Chip ein. Der Zugbegleiter kam und kontrollierte seinen Fahrschein. Der Bahnangestellte zeigte ihm die versteckte Steckdose, an der er sein Handy aufladen konnte, da der Akku völlig leer war. Mit dem beiliegenden USB-Kabel konnte er das Gerät danach grünblinkend auf das herabgeklappte Tablett legen und sich um seine Notizen kümmern. Bald überkam ihn eine leichte Müdigkeit. Der weiche Sitz und das leichte Schaukeln des Wagons unterstützten die Entspannung. Er legte das Telefon samt angeschlossenem Kabel unter die Klappe in seinen Schoß, verschränkte seine Arme über der Brust und hielt im Dämmerschlaf dabei seine Brieftasche in der Jacke fest in den Händen. Als er Stunden später wieder wach wurde, saß ein junger Mann neben ihm, der wild auf seinem Notebook tippte. Als Andreas ihn von der Seite ansah, nickte der Mann zur Begrüßung: „Der Speisewagen hat geöffnet. Wenn Sie etwas essen wollen? Ich pass auf Ihre Sachen auf . . ."

Steffenson erwiderte. „Danke, später vielleicht!" Der Mann widmete sich wieder seinem elektronischen Freund und Andreas zog an der Schnur seines mobilen Telefons und legte es vor sich auf das Tablett. Wie lange mochte er geschlafen haben? Er schaute nach draußen, aber dort war es inzwischen stockdunkel. Schatten und vereinzelte Lichter huschten am Fenster vorbei. „Entschuldigung, wissen Sie, wo wir gerade sind?" fragte er seinen Nachbarn. Der faltete ein Prospekt auseinander und schaute auf seine Armbanduhr: „Es ist jetzt viertel vor acht. Wir müssten bald in Limburg sein. Hier, den brauch ich nicht mehr!" Andreas nahm den Plan dankend an. Alle Stationen waren mit Ankunft, -und Abfahrtszeiten vermerkt. In gut einer Stunde wäre der Zug in Frankfurt. Das Display seines neuen Telefons zeigte an: „Der Akku ist vollständig geladen!" Er zog den Stecker ab und legte das Ladegerät in die Tasche. Genau zum richtigen Zeitpunkt kam eine Servicekraft. Er nahm einen Kaffee und ein Schnittchen. Dankbar genoss er das heiße Getränk und das Käsebrot. Dann klappe sein Nachbar zügig seinen Laptop zusammen, stand auf und verabschiedete sich. „Ich muss aussteigen. Gute Fahrt noch!" Andreas nickte und legte sein Gepäck zurecht. Er war bald da, denn die übernächste Station war Frankfurt. Zehn Minuten später stand er vor dem Hauptbahnhof, nahm ein Taxi und ließ sich zum Hotel fahren, das Joachim für sie reserviert hatte. Nachdem er sein Zimmer aufgesucht hatte, wählte er die Rezeption an und ließ sich mit Joachim verbinden. Zehn Minuten später saßen sie an der Bar und besprachen die zurückliegenden Ereignisse. Besonders seine überraschende Begegnung mit dem Unbekannten, der von ihm verlangte, verschwundene

Gelder aufzuspüren. Stehler machte sich Notizen, um die Daten mit ihren Polizeierkenntnissen abzugleichen, denn man hatte die mobile Telefonnummer des Auftragsgebers an der Binnenalster, und jetzt gab es ein Gesicht dazu. Der Schlüssel zu dem verschwundenen Geld musste hier, in Frankfurt zu finden sein. Der Bruder des getöteten Chemikers, auch ein Dr. Hein, wusste mit Sicherheit mehr davon. Ihn einfach danach zu fragen, wäre töricht, denn dann wusste er sofort, dass man ihm auf die Spur gekommen war. Man müsste ihn finden und aufschrecken. Dann würde sich zeigen, in wieweit er in die Sache verstrickt war. „Ist der Chemiker wirklich bei dem Unfall gestorben? Keine Verwechslung?" Der Beamte lächelte: „Die Kollegen hatten auch schon daran gedacht, aber die Operationsnarbe und der Gebissabdruck haben einwandfrei bestätigt, dass es der Chemiker war. Sie haben herausgefunden, dass man sein Auto präpariert hatte. Er wurde definitiv ermordet. Ich hab eine Idee!" sagte Joachim, legte seine Zimmerkarte auf den Tresen und rief den Kellner zum Bezahlen. Joachim unterschrieb den Verzehrbeleg und nahm die Karte wieder an sich. Dann standen sie auf und gingen zum Lift. Ein paar Minuten später waren sie in Stehlers Zimmer, das direkt neben Steffenson's lag. „Setz dich! Willst du noch was trinken? Da ist die Bar!" Er zeigte auf den Unterschrank, kramte sein Notebook hervor und suchte eine Steckdose. „Du willst doch nicht etwa von hier ins Netz? Von einem ungesicherten Anschluss, ich fass es nicht!" Joachim grinste: „Kennst du Bülow?" Andy hatte zwei Flaschen Bier aus dem kleinen Kühlschrank genommen und die Kronkorken aufgehebelt. Er gab eine Flasche seinem Freund und prostete ihm zu. Dann nahm er einen Schluck

und antwortete: „Der IT-Spezi aus deiner Abteilung? Ja, kenn ich! Warum?" Joachim nahm ein kleines Kästchen mit USB-Kabel aus der Laptop-Tasche und schon hatte er das Gerät an den Rechner angeschlossen: „Jetzt sind wir abhörsicher! Die Kiste verschlüsselt alles und verbindet mich mit dem Zentralcomputer der Polizei-Dienststelle, zufrieden?" Er tippte Befehle in die Tastatur und schon liefen mehrere Zahlenkolonnen über den Bildschirm. Während der Rechner suchte, drehte sich Joachim zu seinem Freund um: „Eine Frage der Zeit. Wenn er sein Ableben nicht peinlichst genau verschleiert hat, so wird mein elektronischer Freund ihn aufspüren. Jede Abfrage im Netz, jedes Einschalten eines Handys wird von uns gefunden." Andy schaute ihn skeptisch an: „Was du da jetzt machst, ist das erlaubt?" Joachim hielt ihm seine Flasche hin. Ein helles Klirren der Getränke und ein Schluck folgten. „Du fragst zu viel. Wie lange bleibst du?" Bevor Andreas antworten konnte, ertönte ein heller Piepser. Der Bildschirm des Rechners zeigte ein paar Adressen. „Na, wer sagt es denn! Da haben wir ja was!" Joachim drehte sich um und schrieb die ermittelten Daten ab. „Drei Möglichkeiten. Morgen früh geht's los! Bist du bereit?" Andreas stand auf und ging zur Tür: „Acht Uhr zum Frühstück?" „8.ooh! O.K. Gute Nacht!"
In dieser Nacht kam die weiße Katze im Traum wieder. Fauchend lief sie über einen Bahnsteig und rannte so schnell zur Treppe, dass Andy kaum folgen konnte. Oben angekommen suchte er die große Halle nach ihr ab, Reisende liefen mit ihren Koffern scheinbar planlos durcheinander. Dann fiel ihm ein Mann auf, der dem Foto des ermordeten Chemikers aufs Haar glich. Andy war etwas unschlüssig, bis er die weiße Katze direkt neben

ihm sitzen sah. Ihre roten Augen leuchteten einladend. Als der Mann losging, lief sie bis zu den Schließfächern hinter ihm her. Als Andreas dort ankam sah er, dass der Doppelgänger des Toten ungeduldig am Serviceschalter zu warten schien. Endlich kam ein älterer Angestellter, der heftig mit ihm diskutierte. Er schaute sich den Mann, den er für Dr. Hein gehalten hatte, etwas genauer an. Er war wesentlich jünger und kräftiger, als der Chemiker. Es konnte sich nur um den jüngeren Bruder handeln, der nun gegen Vorlage seines Ausweises einen schwarzen Trolly ausgehändigt bekam. Der Bahnbeamte zog die milchige Glasscheibe wieder nach unten und verschloss damit den Schalter, während der Mann schnell den Bahnhof mit dem erhaltenen Gepäckstück verließ. Andy folgte ihm, von der weißen Katze war nichts mehr zu sehen. Der Mann ging zum Parkplatz und stieg in einen englischen Geländewagen. Er konnte sich gerade noch das KFZ-Zeichen merken, bevor der Wagen verschwunden war. „F-GH 3562". Andreas war geübt darin, sich auch am nächsten Morgen noch genau an jede Einzelheit seiner Träume zu erinnern. Jetzt drehte er sich wieder im Bett um und viel in einen tiefen Schlaf. Die Katze erschien ihm die ganze Nacht nicht mehr.
Am Morgen saßen sie gemeinsam beim Frühstück. „Gut geschlafen?" Joachim nickte nur und nahm einen Schluck Kaffee. Andreas merkte schnell, dass sein Gegenüber ein ausgesprochener Morgenmuffel war. Er hielt seinen Traum noch für sich und wartete ab, was sie als nächstes unternehmen würden. Nach einer halben Stunde schien sich die Laune des Hauptkommissars zu verbessern, denn nun hatte er ein Lächeln für ihn übrig. Er strahlte so, als wäre die Arbeit schon getan. „Lässt du mich teilhaben?"

fragte Andreas, der ihm ansehen konnte, dass er höchst zufrieden war. „Nun sag schon! Hast du gestern Abend noch mehr aus deinem Rechner erfahren?" Joachim tupfte sich mit der Serviette den Mund ab. „Später, Andy! Später. Jetzt fahren wir erst einmal los. Komm, die Kollegen warten!" Er stand auf und ging. Steffenson musste sich beeilen, um mit ihm Schritt zu halten: „Welche Kollegen? Wovon sprichst du?" Joachim ging weiter und flüsterte nur: „Amtshilfe! Die Beamten vom Betrugsdezernat Frankfurt. Man hat mir zwei Männer zur Unterstützung geschickt. Sie warten im Wagen auf uns! Komm schon!" Nachdem sie sich kurz vorgestellt hatten, fuhren sie los. „Wieso wohnt ihr denn so weit draußen, wenn ihr in der Innenstadt zu tun habt?" Wollte ein hessischer Kollege von ihnen wissen und Joachim erklärte das mit den geringen Spesen, die er genehmigt bekam. „Bockenheim ist doch nicht das Ende der Welt", erwiderte Joachim, „warum fragt ihr?" „Na ganz einfach, weil wir jetzt wieder zurück in die Stadt müssen. Wir haben die Adressen der drei Männer überprüft, aber nichts Verdächtiges finden können. Einer ist an die Stadtgrenze gezogen, ein zweiter wohnt in Wiesbaden und der Dritte, dieser Felix Bauer wohnt erst seit einem halben Jahr hier. Er hat ein Luxusappartement am Kaiserplatz." Als er die nichtssagenden Gesichter der Norddeutschen sah, ergänzte er. „Nähe Roßmarkt. Da ist unsere Hauptwache!" Andreas zuckte zusammen. Er brauchte nicht lange zu überlegten: „Roßmarkt, sagten Sie?" Der Beamte drehte sich zu ihm um: „Ja, kennen Sie diese Gegend?" Jetzt wurde auch Joachim unruhig, denn sie erinnerten sich beide an die Bank, wo der Chemiker sein Geld zuerst in einem Schließfach deponiert hatte und ein paar Häuser weiter befand sich die ehemalige Praxis des gesuchten Bruders. Alles befand sich in der unmittelbaren Nähe. „Ich bin fest davon überzeugt, das ist unser Mann! Fahren Sie zum Roßmarkt!" Eine halbe Stunde später waren sie an der Katharinenkirche. „Wir gehen zu Fuß weiter, das ist nicht so auffällig!" Sie stiegen aus und Joachim drehte sich noch einmal um: „Warten Sie hier, sollte es unerwartete Probleme geben." Dann nahm er die dargebotene Karte der Beamten: „Ist das eure Nummer?" Der Fahrer nickte und schaltete den Motor aus. „Viel Erfolg!" riefen sie hinter den Beiden her, die sich nun auf den Weg machten. Sie gingen in südlicher Richtung genau auf den Main zu. „Wir suchen ein großes Geschäftshaus mit einer Drogerie direkt am Kaiserplatz." Bald standen sie vor dem neuen Gebäude, das einen sehr teuren Eindruck machte. Neben der Drogerie war die Einfahrt einer Tiefgarage, mit einem Rollgitter verschlossen. Die Marmortreppe zum Eingang der Wohnungen wurde von Kameras überwacht. Joachim schlug seinen Jackenkragen hoch und ging los: „Du wartest hier!" Schon war er die Stufen hinaufgesprungen, schaute sich die Namensschilder an und war genauso schnell wieder bei ihm. Er zog ihn zur Seite. „Was ist? Hast du ihn gefunden?" Stehler schaute seinen Freund an: „Kein einziger Name! Verstehst du das?" Andy nickte: „Natürlich! Die wollen unter sich bleiben und nicht zulassen, dass jeder weiß, wer da residiert!" Steffenson zeigte auf die Tiefgarage, aus der soeben ein Wagen kam und auf die Straße abbog. „Schnell, bevor das Tor wieder unten ist, das schaffen wir!" Die Männer liefen die Schräge herab und kamen gerade noch unter dem Gitter durch, bevor es wieder im Boden einrastete. Sie drehten sich um und bestaunten die Fahrzeuge. „Zwei oder drei Millionen? Was denkst du?" Andreas schaute ihn an: „Ich verstehe nicht?" „Na guck doch! Mercedes, Ferrari, Austin Martin, . . ." Steffenson hörte nicht mehr hin, denn da stand der Land Rover! Amtliches Kennzeichen: „F-GH 3562!" Stehler forderte ihn auf: „Was ist? Komm weiter! Wir müssen ins Treppenhaus!" Er drängte ihn, doch Andreas blieb stehen und zog zur Bestätigung den Notizzettel aus der Tasche und zeigte ihn seinem Freund. Der verglich die Daten mit dem Fahrzeug und schaute ihn dann an: „Deine Katze?" Andreas nickte und Joachim nahm sein mobiles Telefon und ging zurück zu dem Gitter, wo er Empfang hatte. Danach kam er zurück: „Halterin ist eine Sabine Hein! Volltreffer! Wir müssen Verstärkung anfordern!" Andreas gab ihm Recht: „Das wird zu heiß! Ruf deine Frankfurter Kollegen!" Zwei Stunden später war die Spurensicherung in der Tiefgarage. Der aufgeregte Hausmeister bat um äußerste Diskretion, denn er war völlig fertig, als man ihn bat, das Appartement des Felix Bauer zu öffnen. „Da muss ich erst einmal den Besitzer um Erlaubnis fragen!" Er drehte sich um und suchte in seinem Handy nach der Nummer des Wohnungsinhabers. Joachim ging zu ihm: „Sie haben seine Nummer?" Der Mann schaute ihn irritiert an: „Natürlich! Was denken Sie! Wenn er nicht in der Wohnung ist, so wird der Anruf auf sein mobiles . . . . . " weiter kam er nicht, denn ein durchdringender Klingelton kam aus dem Geländewagen. „Hierher! Aufbrechen, schnell!" Als die Beamten den Wagen geöffnet hatten, fand man den Gesuchten im abgedeckten Kofferraum. Er war an Händen und Füßen gefesselt. Offensichtlich hatte man ihn gefoltert, bevor er durch einen aufgesetzten, gezielten Kopfschuss getötet wurde, denn die Hämatome und verkrusteten Blutspuren ließen darauf schließen. Die Durchsuchung der Wohnung blieb ohne Erfolg. Das Geld wurde nicht gefunden. Der Verdacht richtete sich nun gegen die Besitzerin des Wagens, die Tochter des Opfers: Sabine Hein, die den Wagen ihres Vaters kannte, aber nicht wusste, dass der KFZ-Schein auf ihren Namen eingetragen war.

Rückblende

Ihr Vater hatte sich standhaft geweigert, ihr die Umstände zum Tod des Onkels zu nennen. Daraufhin forschte sie auf eigene Faust und hatte bald die Information, dass ihr eigener Vater das Geld versteckt haben musste, dass sein Bruder, der Chemiker unterschlagen hatte. Dreist wandte sie sich an Boris, denn sie hatte längst bemerkt, dass der ihren Vater beschattete. Sie hatte in ihren Semesterferien oft in einer Diskothek als Barfrau gejobbt. Sie wusste, wie man einen willigen Mann um den Finger wickeln konnte und so verschaffte Boris ihr den Kontakt zu den beiden „Geschäftsleuten" Grassow und Swens. Natürlich verschwieg sie ihre richtige Identität, immer noch im Glauben, diese Männer würden ihr helfen, an das gesuchte Geld ihres Onkels zu kommen. Es war auch ein wenig Hass dabei, denn ihr Vater hatte sie während der Studienzeit nie finanziell unterstützt. Lediglich den Geländewagen hatte er ihr versprochen. „Ich entscheide, ob du ihn bekommst. So lange bleibt er in der Tiefgarage stehen!" Ihre Mutter war früh gestorben und er teilte lieber die feudale Penthouse-Wohnung mit seiner attraktiven Gespielin, als sich um seine beiden Kinder zu kümmern. Ihr Bruder hatte sich damit abgefunden und gammelte in einer Kommune vor sich hin. Sie sah das nicht ein. Als sie sich das Vertrauen der beiden Chefs, die nur Nr. 1 und 2 genannt wurden, erschlichen hatte, log sie ziemlich abgefahren diese Geschichte: Als Bardame „Chantal" in einem Frankfurter Nachtclub, war ihr an der Bar ein Arzt aufgefallen, der offen über eine Erbschaft seines Bruders, einem Dr. Hein, sprach und mit den Scheinen nur so um sich warf. (Ihr Vater hätte so etwas nie wirklich getan, aber sie wollte die neuen Bekannten für ihre hinterlistige Sache einspannen und musste überzeugend klingen!) Die Männer waren wie vom Blitz getroffen und gelähmt, als sie den Namen des Mannes hörten und zeigten reges Interesse. Sie hätte, dank ihrer Kontakte die Möglichkeit, so sagte sie, einen Schlüssel für seine Wohnung am Kaiserplatz zu besorgen. „Bekomme ich die Hälfte mit?" fragte sie unschuldig, was von beiden Männern unter diesen Umständen sofort bejaht wurde. (Man wollte erst das Geld in Händen haben, dann würde Chantal schon dafür belohnt werden!) Kurze Zeit später waren sie auf der Autobahn und fuhren nach Frankfurt. Boris hatte den versteckten Tresor bald im Schlafzimmer ihres Vaters gefunden, geöffnet und den gesamten Inhalt entnommen. Chantal, wie sie sich in seinem Beisein nannte, schaute mit glänzenden Augen auf die vielen, prallen Geldbündel, als man den Schlüssel im Schloss der Wohnungstür hörte. Boris zog seinen Revolver und sprang schnell hinter die geöffnete Tür, als seine Begleiterin immer noch auf dem Boden saß und die Bündel zählte: „Hallo? Ist da jemand?" Man hörte Türen im Flur schlagen und dann stand Dr. Hein im Schlafzimmer und schaute seine Tochter überrascht an:

„Du? Was machst du denn hier?" Sie war wie von Sinnen. Verzweifelt dachte sie, wenn er ihren richtigen Namen jetzt nennt, war sie so gut wie tot! „Herr Doktor! Sie kennen mich?" kam es ungewollt über ihre Lippen, während sie eine eindeutige Geste zu ihrem Begleiter machte. Boris sprang auf den verwirrten Arzt zu und schlug ihn mit dem Griff seiner Waffe nieder, bevor er sie hätte verraten können. „Alle Achtung, Chantal! Scheinst ja einen mächtigen Eindruck auf den alten Sack gemacht zu haben, dass er dich immer noch kennt!" Ihr fiel ein Stein vom Herzen, denn Boris hatte anscheinend ihre Lügengeschichte mit dem Job in der Bar genauso geschluckt, wie die Chefs im Hotel an der Binnenalster in Hamburg. Als er bewusstlos, gefesselt und geknebelt vor ihnen auf dem Boden lag, sah Boris in ihr Gesicht. Er sah ein verzweifeltes Mädchen vor sich. „Hat der einen Wagen?" wollte er wissen. Sabine ging in den Flur, wo auf der Garderobe der Zündschlüssel des Geländewagens lag und brachte ihn mit. „Der Lift geht bis in die Tiefgarage, er steht links neben der Ausfahrt. Warum?" Boris drehte den unbeweglichen Körper herum. „Warum? Warum wohl? Willst du, dass man ihn hier, vor dem entleerten Safe findet?" Er verstaute das Geld in einen Rucksack, schloss die Tür des Wandtresors wieder und verdrehte die Kombination. Bald war das Zimmer wieder so hergerichtet, wie sie es vorgefunden hatten. Boris fasste die gefesselten Beine und zog den Körper auf dem Boden schleifend in den Flur. „Wir nehmen den Lift! Du steigst im Parterre aus und holst unser Auto. Ich fahre mit dem Aufzug in die Tiefgarage und leg ihn in seinen Wagen. Warte auf der Straße auf mich. Mach die Tür auf und hol den Lift hoch, es geht los!" So war sie in diese

Kreise gekommen, aus der es kein Entrinnen mehr gab, weil man im Tresor ihres Vaters endlich fündig geworden war. Hätte sie da schon gewusst, dass der Geländewagen auf ihren Namen lief, so hätte sie dem Wahnsinnsplan, ihn dort abzulegen nie zugestimmt. Sie glaubte damals, dass Boris ihn nur eingeschüchtert hätte. Den Schuss in der Tiefgarage konnte sie auf der Straße nicht hören, denn er hatte einen Schalldämpfer benutzt. Als er neben ihr im Wagen saß und ihren fragenden Blick sah, sagte er nur: „Gut gemacht! Du hast dir wirklich einen Finderlohn verdient!" Dann fuhren sie zurück nach Hamburg.

Finale

Die kurze Nachricht ihres Mittelsmannes löste bei Beiden eine nicht zu beschreibende Hilflosigkeit und Wut aus. Grassow und Swens hatten daraufhin ihr Hotel an der Binnenalster fluchtartig verlassen und waren mit Boris und Chantal auf der Rotherbaum-Chaussee in nördlicher Richtung unterwegs zum Flughafen nach Fuhlsbüttel. Das gesamte Geld im Safe des Hotels würden sie später aufteilen, denn jetzt hieß es nur noch, so schnell wie möglich das Land zu verlassen, denn die Kripo hatte ihre Spur aufgenommen, nachdem sie die Daten des Handys ausgewertet hatten. Auf, nach Fuhlsbüttel! Hier wartete ihr zweistrahliger Privatjet, der sie sicher außer Landes bringen würde, bevor man ihre Identitäten ermittelt und die Außengrenze gesperrt hatte. Sie ließen Winterhude rechts liegen und kamen über Groß-Borstel an den Kleingärten vorbei unmittelbar zur Luftwerft. Die zwei Piloten warteten startbereit vor der Halle auf die Passagiere. Seitlich klappte die Tür des Fliegers nach unten und die drei Männer gewährten Chantal den Vortritt. Nacheinander stiegen sie dann zügig ins Innere. Mit ihrem spärlichen Gepäck im Gang stehend, rollte der Jet schon an. Die Tür klappte wie von Geisterhand bewegt, wieder hoch und verriegelte sich automatisch. Chantal und Boris hatten wortlos Platz genommen. Sie wussten, dass es nur noch darum ging, so schnell wie möglich zu verschwinden. Sie waren deshalb beide froh, dass die Chefs sie mitnahmen. Alle schnallten sich nun an und schwiegen. Jedes Wort war im Augenblick überflüssig und würde nur die Wut der Chefs noch weiter steigern. Die Turbinen heulten auf und alle wurden sanft in ihre Sitze gepresst, als der Jet kurze Zeit später mit einer steilen Linkskurve in den Wolken verschwand. Als sie nach ein paar Minuten ihre Flughöhe erreicht hatten, schnallte sich Nr. 1 ab und ging ins Cockpit. Er war noch nicht dazu gekommen, die beiden Piloten zu begrüßen, die das kleine Flugzeug sicher über den Atlantik steuern sollten. Die Automatik war eingeschaltet und ließ es zu, dass sich die Männer kurz unterhielten. Der Düsenjet raste durch die Wolken, als es unverhofft einen fürchterlich lauten Schlag gab. Die Maschine fing an zu trudeln und die Piloten waren sofort bemüht, wieder auf Handsteuerung zurück zu stellen. Konzentriert machten sich die Piloten daran, den Jet wieder unter Kontrolle zu bringen. Was diesen starken Schlag ausgelöst hatte, war keinem bewusst. Grassow war zu Boden gestürzt und rutschte zurück in den Gang. Endlich konnte er sich an den seitlichen Streben der Sitze festhalten, als ihn unvermittelt eine kleine, weiße Katze anfauchte, die dicht vor seinem Gesicht hockte. Die Maschine neigte sich zur Seite und raste unkontrolliert in den Abgrund. Der monoton helle Dauerton der Düsen hatte sich zu einem immer tiefer werdenden Grollen verändert. Hinter den kleinen, runden Sichtfenstern flogen die Wolkenfetzen vorbei und gaben dann und wann die Sicht auf die silbern glänzende Oberfläche des Atlantiks frei. „Wir stürzen ab!" schrie Chantal und bekam einen Schreianfall. Boris verkrampfte seine Hände in die Sitzlehnen, als könnte er damit den drohenden Aufprall verhindern. Grassow und Swens sahen noch einmal ins Cockpit, wo mit rasender Geschwindigkeit das nasse Grab auf sie zuflog. Grassow hatte die kleine Katze vor sich, deren Augen jetzt zu brennen schienen. Dann schoss auch schon eine riesige Stichflamme durch den Rumpf und zerriss den Jet, bevor er wie ein Pfeil ins Meer stürzte. Es war nur noch das ungleichmäßige Plätschern der Wellen zu hören, die gegen ein paar verkohlte Plastikteile schlugen und angeschmorte Reste von undefinierbaren Materialien schaukelten noch eine Weile auf der Oberfläche, bis auch sie mit Wasser vollgesaugt, in die Tiefen des Atlantiks hinabsanken. Flug Nr. 447 blieb auch Tage danach, trotz sofort eingeleiteter, intensiver Suche der portugiesischen Küstenwache von Madeira verschollen. Nur Steffenson wusste als erster, dass er nun endgültig Ruhe vor den Gangstern hatte, denn noch in der gleichen Nacht kam im Traum das weiße Kätzchen wieder zu ihm und schlich so lange um seine Beine, bis er sie auf den Arm nahm. Als er in ihre roten Augen sah, fingen diese wieder an zu brennen, Raum und Zeit verschwammen und er sah ganz deutlich, wie die kleine Düsenmaschine als leuchtende Fackel ins Meer tauchte und verlosch. Die Katze sprang von seinem Arm, setzte sich auf eine Mauer, leckte ihre Pfoten und verschwand in einer dichten Nebelwand.

Als er sich im Bett umdrehte und erleichtert einschlief, war seine inständige Hoffnung, dass sie wieder zur Stelle sein möge, wenn er ihre Hilfe benötigte. Die Nachricht vom Verschwinden des Privat-Jets über dem Atlantik, die ihm von den Kollegen am nächsten Morgen überbracht wurde, entlockte ihm nur ein müdes Lächeln: „Mein haariger, weißer Vierbeiner hat mir schon mitgeteilt, was passiert ist. Vielen Dank! Wie geht's jetzt weiter?" Stehler zeigte auf das Telefon: „Ich habe eben mit Hamburg telefoniert. Jetzt müssen wir noch zum Hotel an der Binnenalster, denn da liegt ein Geschenk für den Staat!" Joachim klopfte Andy auf die Schulter: „Du hast Glück, denn uns Beamten steht kein Finderlohn zu, da es unser Job ist. Bei dir, als freier Mitarbeiter sieht die Sache ganz anders aus. Ich hab mich darüber informiert. Deshalb tue uns den Gefallen und nimm das Geld an, bitte!" Andreas lächelte und erwiderte dankbar: „Nur wenn ich damit eine Detektei gründen kann. So könnt ihr ganz offiziell auf meine Dienste zurückgreifen. Als Gegenleistung, sozusagen und vorrangig für euch natürlich, das versteht sich von selbst!" Die Männer lachten und Andreas ergänzte: „Aber nur, wenn ich auch weiterhin diese Träume von der weißen Katze haben sollte. Sie beschützt und leitet mich, es ist mein kleiner Schutzengel!" Joachim stimmte ihm zu: „Es wird so sein, wie du sagst, da kann keiner von uns mitreden!" Die Männer gingen in die Tiefgarage zum Dienstwagen. Mit der gerichtlichen Anordnung fuhren sie ins Hotel nach Hamburg, um die illegalen Gelder des getöteten Chemikers zu beschlagnahmen.

Nachsatz

Wir wissen, dass Hunde ein äußerst feines Gespür haben. Sie wittern Ängste und Aggressionen ihres Gegenübers. Sie riechen die Gefahr oder Unsicherheit, die keiner von uns richtig unterdrücken oder steuern kann. Diese Veränderungen schütten ungewollt im Körper eines Menschen Hormone aus, die sofort von den Tieren wahrgenommen werden. Wir selber spüren die Angst meistens in Form von Schweißausbrüchen, die natürlich am besten zu riechen sind. Hunde spüren Krankheiten, ja sogar nahende Kreislaufschwächen, Unterzuckerung eines Diabetes-Patienten oder epileptische Anfälle, bevor die Betroffenen solche Symptome an sich selber erkennen. Diese oder ähnliche Fähigkeiten sind guten Kriminologen und Profilern angeboren oder durch viel Praxis und Übungen antrainiert worden. Alle Menschen haben ein Unterbewusstsein, ein inneres „Gewissen", das sie Gut und Böse unterscheiden lässt. Wir sprechen ja sinngemäß von einem „schlechten Gewissen". Bei der vorläufigen Festnahme und späteren Vernehmung gilt es, solche Unsicherheiten bei Verdächtigen zu erkennen. Kurse und Schulungen werden angeboten, denn es lässt sich erlernen. Körperhaltung, Mimik und Lautstärke der Sprache verrät, wie wir uns fühlen. Hinlänglich bekannt ist dabei auch der Einsatz von Polygraphen, sogenannten „Lügendetektoren". Diese Geräte zeichnen bei der Befragung jede minimale, unbewusste Reaktion auf. Erfahrene Kriminalbeamte und Zöllner haben diesen „sechsten Sinn", wie erwähnt, auch ohne technische Hilfsmittel! So werden Profile von Verbrechen erstellt, die anhand der Fakten Kriminelle überführen können.

Die von mir in diesem Roman geschilderte Fähigkeit zeigt in diese Richtung. Experten der Kriminalpolizei versuchen aus der Sicht der Täter die begangenen Verbrechen nachzukonstruieren, zu verstehen, um daraus die erforderlichen Schlüsse zu ziehen, die zur Ergreifung und anschließenden Verurteilung führen. Heutige Erkenntnisse mögen vielleicht noch nicht ausreichen, alle Details sofort und richtig erkennen zu können, aber Fortschritte werden sowohl in der Medizin, als auch in der kriminaltechnischen Analyse vorangetrieben. Mörder, die vor zwanzig Jahren nicht überführt werden konnten, kann man mit heutigen Methoden zur Rechenschaft ziehen. Was heute noch als das perfekte Verbrechen gelten mag, ist morgen schon überholt und beweisbar.

Roman Schmidt

In Erinnerung an Anna Berg, meine Oma,
die mehrfach und mit großem Erfolg von der
„weißen Katze" geträumt hatte.
„Snil mi sie maly bialy kot"

Roman Schmidt

**Bücher von
Roman Schmidt:**

Anno 1379, An Rhenus und Wippera (Mittelalter)
Krone Verlag 200 Seiten SU   ISBN 978 3 940 48687 5

Hermann, Vom Leibeigenen zum Ritter
Krone Verlag 200 Seiten SU   ISBN 978 3 940 48688 2

Ron`s Krimis Band 1   116 Seiten PB
B.o.D. Norderstedt (Krimi-Kurzgeschichten)

Ron`s Krimis Band 2   116 Seiten PB
B.o.D. Norderstedt (Krimi-Kurzgeschichten)

Die weiße Traumkatze 1 + 2   184 Seiten PB
B.o.D. Norderstedt (Thriller)

Geheimnisvolles Familienerbe   72 Seiten PB
B.o.D. Norderstedt (Thriller)

Herstellung und Verlag:
BoD - Books on Demand, Norderstedt
ISBN 978-3-7347-3530-1